微風拂過窗前

王前鋒・著

絮語隨風

哲人說，懷念過去，並不因為過去多麼美好，而是因為，過去的我們曾經年輕……

但年輕和美好又常常是孿生姐妹，如影隨形，相伴相依：藍天麗日，碧水荷風，花解語，水流連，風向笑面吹……即使有傷心的淚水也會化為怡人的清露……這是人生初陽階段才有的體驗，因時光的流逝而倍加珍貴。有了這些美好的記憶和體驗，生活才會有珍藏，人生才會有價值。

消逝的過去無法複製，逝去的歲月常常使人心裏疼痛：再不見村頭的二月杏花，也不見門前的潺潺清流，還有水邊純美濃香的梔子，以及岸邊吃草的黃牛，河畔浣衣的女子，還有，老屋籬邊凝思的木槿，梁上細語呢喃的紫燕……

如畫的村圍，總有小鴨子和老鵝踱著方步，安靜覓食，牧歌自村邊嫋來，似天外仙籟，白雲落在溪河，如村女抖動的紗衣……青山坳裏，母親的菜園青青，一如藍天下碧綠的翡翠……

小路彎彎，從水田那邊逶迤過來，白鷺在晴空艾艾而飛，泥土的清香裏，小秧天天在長，季節的兩端，一頭連著母親的呼喚，一頭連著簡陋而深情的村小……

如煙景象喚起人們親切的憶念，心因此而溫軟，而寧靜，而淡若雲天……

因為憶念，人生才會厚實，才會沖淡途程的雲靄和不適，對生活才會有珍惜和留戀的理由……

凡人向前看，而我卻向後看，這只關心靈，而無關心態……因為過去我們擁有童貞，擁有純情，擁有像藍天草地一樣的兩小無猜和天真無邪……

很多年前，我就以我自己的方式，歌唱那種不再可複製的純美生活，寫下點點滴滴的生活感悟，記下心裏所有的感動和歡喜……將它交付給綠衣郵差，爾後生活中便有了許多美麗的懸念和等待。小小文字，不能說成熟，但肯定率真，就像初春幼草，淡紫鵝黃，並有清清亮亮的露珠閃爍……以至現在讀起這些，也使自己的心靈顫動不已：它留著時代的痕迹，印著歲月的年輪，浸染著自己的情意和感思……那時候，寫作實在沒有其它目的，只是想讓遠方或近處的朋友來靜聽我真心的傾訴……達成心靈的默契與交流，駐足於人生瞬間，對生活發出由衷而會心的微笑……

而歲月如東流逝水，悄然無聲，從不回頭，夏花紛墜，秋葉紅殘，一切都不可能萬古長青。

但有些東西卻可以例外。比如歷史，比如情思，比如心靈……

生為根，情為葉，人生的過往則如繁花點點，組成人生長長軌迹的一個個意象，在夢中盛開……人生，可以像老聃，像莊周……一任自然變幻，哪怕化一葉蝴蝶，也可以翩然而飛……

古往今來，常將人生漸老的境界比作日薄西山，這實在是一個既不切實際又缺乏想像的比擬。我總是想，日落前後，有一個美麗怡人的黃昏，黃昏之後，還會有一個妙不可言的月夜，即使不曾有月，但星星一定得是有的，一個有著星星月亮的美麗夜晚，你無論做些什麼，都是一個美妙宜人的人生境界！

從年輕那邊走過來，走過曾經的屈辱，走過濃濃淡淡的感傷，走過多情的綠蔭芳草，最後走向繽紛的晚霞，就像太陽從早晨到西山，劃一道美麗的軌迹，留下許多動人而憂傷的故事任人評說……

像微風一樣親切，和藍夜一樣溫潤，與星月一樣從容，同青山一樣淡定……

雖然解悟會因個人的境遇而有所不同，但人與人之間，總會有那麼一絲經歷和感悟可以直達你的心靈，從而引起情感的融會和共鳴……

翻看過去，體味曾經的淚水和歌吟，就能與生活保持一種初戀的情懷，讓歲月常味常新……

王前鋒寫於二〇一〇年桂月

目次

肆、人生點翠

壹、晴窗思羽

高天上的流雲，是藍天的情愫，林鳥之彩羽，是青山的情愫。
像流雲和鳥羽那樣飄逸而輕靈的，是人生的情愫……

夢見鳳凰

好像有月，朦朦之月，又似乎有柳，依依之柳，河水很清，風小小的，吹在面上很好受。有兩個朋友站在柳下，一個長髮飄飄，一個短裝精幹，是很詩情畫意的那一種。想拍一張照，但又似擔心月夜曝光不好。遲疑之間，有人指著天上說，你看，彩虹。抬頭看天，天上有一幅畫，美得很，而更美的是那幅畫突然之間幻化為鳳凰，彩羽，飛飛，姿勢秀美，樣子讚極了。

帶著極美的印象，在霞光初露的清晨，一起來就打開電腦，查看周公解夢。上說，夢見鳳凰，會有吉事來臨，會遇見貴人。雖然不是很信，但心裏還是甚喜，一清早就這麼祥瑞，一天的心情都好，而每天都有個好心情自然就是最吉的吉事了。

好夢哪能天天都有，但歌聲總是這樣唱著：「親愛的我祝福你，好人就有好夢」，這既是祝福也是提醒，就是要有好夢，就必須先做好人。

什麼是好人呢，定義肯定很多，而按我的理解，好人的標準肯定不會很高，大概就是俗世凡人，不過是心情乾淨一點，意趣芬芳一點，對人生日月愛得熱切一點……

能做一個這樣的人，不做好夢大概也沒有道理。

繁星

晚宴過後，朋友將我們送出來，我和蘭女士正好一路。沿著寬闊的黃山路，我們靜靜地向前走。新建的黃山路雖已修好，可是路燈尚未安裝，繁星因此顯得格外明亮，我們可以看得到塔山在夜色下美麗的剪影，像一幅逆光藝術照。黃山路的兩邊，還有一些未及遷走的零落的村莊，村前的池塘在繁星下邊也顯得格外清幽，麥苗和油菜一片清香。蛙歌陣陣。蘭女士說：「一個人，我是從不敢走這條路的。今晚和你一起走，我就膽大了。」

聽了蘭女士的話，我一下子感到自己變得神聖起來。無意中，今晚我倒成了護花使者，那時，要是真有什麼人來攔路剪徑，我想我會不顧一切去保護她的。可是我們卻什麼也沒有遇到，城市的一切顯得寧靜而祥和，偶有一輛兩輛機動小三輪駛近我們，小心地問：「要車嗎？」我很想坐一坐車，可是，蘭女士卻堅持不要，說：「就這麼走走吧，這樣可以使生活的節奏變得和緩一些。」她說話氣質高雅，舉止儀態萬方，說話的聲音也很甜美。我是在飯桌上第一次認識她的，這當然也是人生的一種緣分，雖然她不一定就能成為你的紅顏知己，但她的語言和舉止卻能給你以心靈的陶冶，讓你聯想起許多美好的事物，這當然也是一種很好的享受！

我們就這麼靜靜地行走在美麗的星空下，路似乎很長，又似乎很短，一種非常寧靜清幽的感覺在春夜的星空下輕輕蕩漾，日間緊張的生活節奏在這樣的夜晚一下子變得緩慢而抒情，生動又寫意。這真是一種非常得體、非常聰明的休閒。路邊，有一隻青蛙跳進水塘裏，似一個休止符，蛙歌輕輕地停頓了一下。又有誰家的收音機或者

ＶＣＤ在播放音樂，細細一聽，原來是《莫斯科郊外的晚上》，隨著輕柔的夜風，若斷若續地飄散在溫馨的夜色裏，我們的心，在這樣美妙的樂聲裏，似乎也一下子變成了兩個芬芳的音符。

我們好像說了許多，又好像什麼也沒說，就這樣她就到家了，我站在路邊，目送她走上家中燈光映襯的陽臺，又看她站在陽臺上對著我揮著手，黑暗中，我對她微笑了一下，我知道她是看不到我的微笑的，而且明天，我們都會融進都市的茫茫人海，但是我的微笑卻是那麼由衷。

星空燦爛，夜晚是如此美好！

一夜輝煌

大學四年級的時候，一個晴朗的秋天晚上，我夾著書本，踏著月色，到教室去上晚自習。五號宿舍樓樓口，圍著一些人，不知在做什麼。我擠進去一看，只見樓口的石墩子上，擺放著一盆花，一盆潔白的花。那花映著淡淡的月色，美麗而姣好。枝葉是肉質，像仙人掌，更似令箭荷花。

這有什麼稀罕呢，我正要走，守護在一旁的老花工卻說：「這是曇花，你是不容易見得到的。」

這一說，我才納罕地仔細打量起它來，可能是心理的作用，我覺得眼前的這盆曇花一下子變得神奇起來，優秀得無與倫比，隨著晚風，一陣暗香拂過，又一朵花苞輕輕慢慢地舒展開來，像一個麗人的微笑。那時間，我聽到了那花苞開放時輕輕炸裂的聲音。

秋夜的校園因此變得寧靜而溫馨，一群高傲的大學生在曇花的暗香裏靜靜佇立，美，好有力量呵。

一個晚上，我的頭腦裏似乎都是曇花的麗影，周邊空氣都是香香的，我知道，我平生第一次見到的曇花，也許在我回憶它的時候已經香消玉殞，如此短暫的生命，不能不讓人產生憐香惜玉之心。

沒想到晚自習歸來，我發現五號樓前還有人在那圍觀，那曇花仍在靜默地開放，我萬分驚奇，問老花工：「不是說曇花一現嗎，怎麼到現在還沒凋謝？」

老花工笑了：「你們唱千年等一回，是千年等一回嗎？曇花一現是說明它開放的時間短暫，並不是即開即謝。」

我更好奇：「究竟短暫到什麼時候呢？」

「一夜吧！明早就要凋謝。」

我深深地呼出了一口氣，呵，一夜，一夜花開，成就輝煌，我心中對美麗的曇花真正充滿了無比憐惜之情，但更多的卻是禮讚。

不由聯想到這位老花工，他一年到頭，在盆卉園裏默默耕耘，奉獻馨香美麗，可是有誰能認得他。只有今晚，當他將自己精心培育的心愛的花朵捧出來給大夥時，大家才會知道學校裏還有這麼一位老花工，而他露面的時間絕對比曇花還要短暫，他將所有工作的意義濃縮在這短短的一個晚上，也實在是讓人心生敬佩。

從此認識了老花工，常到他的盆卉園裏去看花，從而認識了各種各樣的奇花異草。畢業時，我向老花工告別，他要送我一盆花，我知道他很真情，便說：「送我白蘭吧，很香的那一種！」

老花工卻捧出一盆曇花來，說：「這曇花遠比白蘭珍貴，別小看它花開短暫，你懂嗎？因為短暫，所以珍奇！」

老花工的話一下子感動了我，是呵，因為短暫，所以珍奇，是說青春嗎，還是說人生呢？我想，也許這二者都有，也許老花工是隨便說的，但這句話準確地概括了曇花的品性，它啟迪我們去珍惜青春，熱愛生命，不斷創造追求去貢獻人類，哪怕只有一夜輝煌！

春夜蘭香

春夜，軟風輕拂，月色臨窗。有一陣幽幽的暗香輕輕浮動，媢得人心如空明的幽谷，若澄澈的潭水。那時間，我離開書案，發現牆隅的蘭花綻開了。

這時的人心總是極容易被感動的，在這樣的春夜，在這樣的月色花香裏。我走到蘭盆跟前，向她俯下我因思考而略顯沉重的頭顱。只見婆娑的葉脈中間，蘭苕挺秀，朵朵蘭英初綻。一如暗綠的蝴蝶，玉琢似的晶瑩剔透，且作飄飄欲飛之狀。最令我驚歎的是每個花萼的底部，都有一顆鮮亮的水珠，盈盈欲滴，如淚。我不知道這水珠是怎麼凝結而成的，但有一點我卻知道，那就是，世上越是美好的東西，越是不動聲色，越是寧靜而安詳地獨守一隅。

在所有的花卉裏，我格外地鍾情蘭花。她原本生長在十萬大山的深溝險壑裏，是大山美麗多情的女兒，或臨溪而開，或附崖而綻，靜靜吐露著自己的清香，在空谷裏做著令人神往的一簾幽夢。

最初，我不知是誰第一個發現了蘭花美麗的價值，才將她從深山移出，置之園圃，裝點廳堂，溫馨雅室。因此，春二月的街頭，可憐無價的蘭花被世俗標價出售，於討價還價的一片喧嚷聲中，美麗的蘭花沾染俗氣，身價喪失殆盡，這是蘭花的悲哀。

這人間，有的事情真的說不清楚。高雅的蘭花被世俗之人以高價買回，反過來又以此來裝點自己的高雅。我想，這就是人性的悲哀。

既要美麗又不世俗，既無價又必須標價出售，這真是一個令人困擾的兩難命題！

那一年春季我到績溪去聽課，我特地造訪了胡適先生的故居上莊村。我知道胡適先生是極愛蘭花的，所以他才有蘭花一樣美好的品性。當同行們流連於胡先生故居牆上的青磚，門上的蘭花雕刻時，我卻獨自轉悠到後山。

正是春二月，滿山蘭芽正發・馨香醉人。我在臨溪的一處蘭甸子上，遇到一個看山培蘭的老人，我們一見如故，議香論蘭，大談花經，說得非常投機。他見我真心愛蘭，便掘了一株造型極好的虎頭蘭送我，我大喜過望，虔誠而又小心翼翼，對其護愛有加。

我覺得我的這一株蘭花才是真正的珍貴無價，這不僅因為她來自名人的家山，象徵著胡先生的精神品質，更因為這蘭花是以我的真誠換得。我和老人一同掘蘭時，中指的手指頭被山石磕破，血漿悄悄滲入了胡先生家山的沃土，以血漿換得的蘭花總比用錢來買顯得更有誠意。

現在，我的蘭花又一次綻放，我的耳邊輕迴著「我從山中來，帶著蘭花草」的優美旋律，我知道那詞是胡先生作的，有一種無聲的感人力量，和蘭花的本身一樣芬芳無比。

我再一次低下頭去，重新思量那小小的鮮亮的水珠，這是你打量世界的眸子嗎？還是你感謝春風的淚水？抑或是你面對俗世的思想嗎？如此清香明靜，又如此晶瑩澄澈……

耳邊不由迴蕩起板橋先生的題蘭詩：烏盆竹幾綠窗紗，春來又發幾箭花，楚雨湘雲千萬里，青山是我外婆家。蘭生幽谷，自是天性，面對愛蘭人家的蘭蕊，板橋先生似有不忍之心。

呵，我知道了，多情而有靈性的蘭花呵，你那如淚的盈盈一滴，原來是對十萬大山的真情思念……

分享的快樂

有一則古書上記載過這樣一件事：東家在院子裏種了一棵葫蘆，藤蔓伸延到西家，西家的院子裏正好有一個空菜罈，東家那葫蘆便結在西家的那個空罈子裏，結果葫蘆長大了，卻拿不出來，東家說那葫蘆是他家的，應該將那罈子打碎，拿走葫蘆，西家說那罈子是他家的，那葫蘆既然長在他家的罈子裏，因此那葫蘆也就是他家的了。兩家因此而訴諸公堂，公堂亦不能判別是非，兩家便大打出手，不僅失了和氣，而且兩敗俱傷。這實在是很不值得。

好像是聽故事，總覺得這樣的事情絕不可能發生在我們的生活當中，其實不然，生活中類似的事情的確還有不少。我家的院子裏就有一棵巨峰葡萄，藤蔓越牆伸展到西家，並在西家的院子裏恣意掛果，西家住著一位生物老師，他家兒孫滿堂的，他一再提醒我，要麼將藤蔓剪掉，要麼將藤蔓拉過牆去，不然兒孫們將葡萄損壞了那就可惜。我一想也有道理，就想將那結滿葡萄的藤蔓給牽引過來，可是我想起了那個有趣的古訓，覺得這樣做固然是合理，可是卻絕不合情。我應該將這些結滿葡萄的藤蔓留在西家，成熟時也好分享一下我勞動的喜悅。

於是我便將我的意思告訴了我的西鄰，我的好鄰居聽了大喜過望，他說：「本來我是嫌它遮擋了我們家的陽光，聽你這麼一說，我不僅不嫌它，反而覺得這葡萄藤長得可愛了，我一定好好地保護它，到時分享秋天收穫的快樂。」

他是學生物的，懂得的生物道理遠比我多，教我怎麼剪枝，怎麼施肥除蟲害，我們常常是一邊勞動，一邊隔牆說話，其樂融融，親如家人。我從他身上學到了許多種葡萄的經驗，兩家人的關係也是萬分融洽。到了收穫季節，我們兩家的小院都充滿了歡聲笑語，水靈靈的葡萄，甜津津的味道，使我們的生活溢滿了詩意和陽光。

如果我最初不是這樣做呢，那麼，即使我們兩家沒有糾紛，但是，我想，我們生活中一定會丟失很多美好的東西。

晚風

在大學讀書的時候，天晴的傍晚，我總是喜歡到鏡湖邊去散步。

鏡湖很明靜，環湖有許多翠柳，婀娜可人。晚霞映紅了湖畔的樓宇，靄靄晚風從高天上飄下來，溫煦地撫愛著人間的一切。柳下麗人，樓頭新月，那時候，真是美麗舒爽得妙不可言。

這時候，你便能看到有一對小夫妻，推著一個手推車緩緩地環湖走來，車上坐著一個滿頭銀絲的老人。他們小夫妻一個在左，一個在右，一步套著一步，緩緩地走進這片夕陽，走進這片晚風，走進人們羨慕的目光之中。是羨慕老太太有福，還是羨慕這對小夫妻的孝順？抑或是羨慕這尋常卻又難得的天倫？我就想，無論羨慕什麼都有充分的理由。

常在報上看到，晚輩結婚了便不要老人，尤其是腿腳不便的老人，可跟前的這對小夫妻不是。有人猜想，這對小夫妻是老人的女兒女婿，也有人說是老人的兒子媳婦。可是身分有什麼重要呢，重要的是這份深情，這份天倫之樂。

我不是每晚來散步．但只要來，就能遇到他們。晚風吹拂著老太滿頭的銀絲，老太便很隨意地用手撩一撩，臉上有一種無言的寧靜與安祥。晚風也吹拂著小媳婦那淡綠色的紗巾和柔曼的青絲，有一種難以言傳的飄逸之美。

小媳婦微笑著，很有情意地看一眼她的郎君，那時候，我便覺得這綠紗巾是人間最美的飾物。

人間，最悲涼的可能是晚年，但最幸福的也可能是晚年。那時候，我還年輕，卻不知為什麼那麼一往情深地摯愛著鏡湖岸畔的這片晚風中的風景。

多少年來，我心中的這片風景總是拂抹不去，而且越來越顯得清晰動人。

淡綠的窗幃

明強妻子的公司在鬧市區，她的辦公室正好臨街，拉著一襲淡綠的窗幃。

每次經過妻子的窗前，明強自行車的鈴聲總像溫馨的百合，朝著妻子輕輕地綻開，綻開，綻開成一隻溫柔的白鴿。

起初，妻子並不在意，她正忙著她的工作。但是有一次，妻子好像心有靈犀似的一下擡起了頭，並朝著明強輕輕地微笑了。

回家，妻子說：「今天我正忙著，驀地擡頭看見你對我搖鈴示意，我心裏一下子注滿了愉快和幸福，整個上午都感到美意和輕鬆。」

明強說：「有好多次呢，我都對你搖鈴了。」

妻子說：「我並不知道，你回家為什麼不跟我說？」

明強說：「一說你就用心了，一用心就會刻意了。」

妻子說：「真的，那是初戀的感覺，覺得生活中還有好多的等待和懸念。工作起來就顯得格外輕鬆而有效率。」

聽了妻子的話，明強深深地震撼了。原來，女人是如此的容易滿足呵。

直到有一天，明強下早班從妻子的窗前經過，發現妻子的窗簾是拉上的，心中馬上便湧起了一種悵然和隱憂。因為早上他們是一道上班的，現在妻子不在，她會上哪了？

明強一搖鈴，淡綠的窗簾隨著清亮的鈴聲輕輕地拉開了，妻子在淡綠的窗幃後面向明強揚了一下手，並向明強露出了輕盈的微笑。

明強輕輕地鬆了一口氣，天空頓時變得晴朗起來……

原來，男子漢也是如此容易滿足，僅僅是妻子的一個微笑而已。

是的，人間的情意千種萬種，牽腸掛肚的只有一種。夫妻間縱有千種柔情萬般蜜意，怎麼表達卻各有講究。有人在生日贈送花籃，有人在結婚紀念日贈送首飾……而明強，僅是在經過妻子窗前的時候，向她搖鈴致以愛意，就換來了一天的愉快和輕鬆。

一杯嫣紅的葡萄酒

七七年，小凡高考落榜，日子不好過，便投奔到上海的姐姐家去，想讓姐夫幫他找份工作。在姐夫幫他找工作的空隙裏，他便為姐夫家做些買菜、燒飯、洗衣之類的雜事。

一天，姐夫家來了一對夫婦，姐夫和姐姐在陪客人說話，小凡在廚房手忙腳亂地備飯。客廳裏不時傳來愉快的笑聲，小凡一走神，燙西紅柿的開水便燙了手，起了一排水泡，火辣辣地鑽心疼痛。小凡沒敢聲張，用蒸饅頭的細紗布將手裹了一下。

菜端上桌子的時候，姐夫招呼大家坐過來，但是他沒注意到小凡裹著紗布的手，也沒招呼小凡一同吃飯。那時候，小凡心中不由便有了一種難言的自卑和寄人籬下之感。

大約喝了一杯酒，只聽見客人中那個年輕的妻子說：「那個男孩呢？怎麼不叫他一道來吃飯？」她的話語聲柔柔的，十分甜美。

姐說：「我們吃吧，他還有事要做呢。」

那時小凡才知道，陪嘉賓是需要一定身分的。

小凡躲在廚房裏，反覆地洗著幾個碗。這時，那個年輕的婦人走進來，拉著紅著臉的小凡，說：「來呀，我們倆喝一杯。」

小凡被拉到廚房門口，心裏很為難，喝也不好，不喝也不好。姐夫說：「你就喝一杯唄！」

於是，那年輕的婦人為小凡斟了滿滿的一杯紅葡萄酒，自己也滿斟了，向小凡舉起來，說：「你忙到現在，這一杯酒應該敬你。」她抿著美麗的嘴唇，一飲而盡。小凡也喝了。在小凡放下酒杯的時候，她發現了小凡手上裹著的紗布，關切地問道：「你的手破了？」小凡搖了搖頭，她鬆了一口氣，說：「沒破就好，若是破了，是要打破傷風針的。」這些話本該是小凡姐姐和姐夫說的，但卻被她說了。小凡這時才感到手疼，走進廚房時，他的眼淚流了下來。

那一年，小凡十八歲，十八歲的落魄書生，第一次有人為他乾杯。第一次在遭遇冷落時被人關心被人尊重。他再不會忘記那一小杯嫣紅的葡萄酒，還有那一雙看人時清亮如水的眸子……

客人走了，小凡也走了，帶著手上的傷痕和心上的嚮往，他發誓要考上大學，要找一個和那個年輕少婦一樣善解人意的美麗妻子……

一朵木蘭

秦老太太家有棵木蘭樹。

花開季節，那木蘭的小朵兒如瓷如玉，潔色瑩光，香清溢遠。女孩和年輕的媳婦們都很想得到一朵，往胸前一佩，既好看，又馨香。可秦老太太沒有子嗣，侄輩孫輩遠在他鄉，長年一人生活，養成了極其孤僻的性格，別人很難與之親近。因此，每年花季，老太太的木蘭樹花開花落與人無緣。雖然可惜，別人也只能任之由之。

一日午後，老太太顫巍巍來到我家推門張望。女兒問：「老太找誰呀？」老太太不作聲，微笑，一手拄杖，一手在衣袋裏掏。我以為老太太要我代寫書信，誰知她竟掏出一朵木蘭花來，說：「給你的寶貝女兒戴。」

女兒高興地接過，那神情像接過一件貴重的珍玩。屋裏一下子溢滿了芬香。

老太太走後，我和妻子說：「老太太為什麼要送我們一朵木蘭花呢？這似乎與她的性格不合。」

妻子想了一會說：「記起來了，今天上午，我在塘邊陪她說了一會兒話，她的幾件衣服也是我幫她洗的。老太太送木蘭花，大約是為了感謝。」

我想，這就對了，人間萬事總有著前因後果。人們平時只看到老太太性情孤僻，卻不知她的心裏也渴望著關懷和溫情；人們常常只想得到老太太的木蘭花，而從不思考一下，自己到底為老太太做了些什麼？

因此我想，種瓜得瓜，種豆得豆，凡事只有真情付出，然後才會有芬芳的回報。

金銀花事

春夜，我挾著一摞書從教室回來。走在門前六角塊鋪成的小徑上，就聞到了一陣醉人的花香，這種花香無比純正，但花名卻非常一般，它就是被人們視為最賤的金銀花。

金銀花俗名叫布穀花，布穀鳥叫的時候它開放，雖不名貴，但花卻香得極其清雅，這實在是個讓人想不清的事情。就好比一個人，地位低下，但並不排斥他品性的美好。

花本不是我的，有位生物老師搬走的時候，跟我說：「沒什麼東西留給你，這棵金銀花是我親手種下的，也是我最喜歡的，我給你留下花香吧。」於是我就成了這花的主人。

我在這裏住了十多年，年年春風沉醉，年年都被這花香感動著。同事們也受了感染，也都在我這裏剪下枝條，在自家門前栽插，由於它的生命力強，一到春天，花香就在校院裏瀰漫。

瀰漫的花香常常使人想起生活的美好。有時，在外鬧了點意氣回來，心裏不高興，一聞到這花香，心就寧靜了許多，想一想，鬧什麼意氣，有什麼值得。這樣自己似乎也一下子芬芳了許多，晚上，就會有一個安寧的好夢。

那天，遇到一個特別調皮的學生，在處理的過程中發現他的家長也很有點麻煩，孩子做了錯事，不認錯還袒護，當時心裏特別生氣，不理他們了，丟下他們扭頭回家。那時，門前的金銀花正蓬勃地開放著，香氣特別清幽，我的心一下子寧靜了下來，想到自己是教育者，是否有花樣的品格，是否有花樣的耐心？尤其是這種平凡的金銀花。這樣一想，心裏的氣就消了許多。心甘情願重新回頭。

由於學生後來主動認錯，家長也賠了禮，心裏特別高興。晚上回家，想到這應該歸功於金銀花，便捉筆寫了一首小詩，來讚美這位可愛的花中真君子：

開時為銀落為金，
落時開時總是貧。
百花叢中難露面，
富貴榜上浪得名。
月下空濛香欲染，
庭前婀娜蝶傾心。
一生好處君須記，
只向人間灑清芬。

人們說，花是最有情意的植物，我想，這是真的。她用清香的語言，在默默之中使你悟出一個道理，使你親和生活，遠離矛盾，使你性格變得芬芳雅致，寧靜可親，你想，這有多麼好。

有時候，寫點東西，備備課，寫到夜深時，走出門來，借花香輕鬆一下自己。那時候，月亮正從夜空裏升上來，一清如水的月色照在乳白的花枝上，芬芳搖動，你沐浴在花香裏，說不出一句話。我想，這才叫感動。

因此詩人說，花是最真誠的朋友，她不需要你的陪伴，也不向你索取什麼，但當你需要她時，她會給予你很多很多。事實上，生活中的許多道理就是這麼簡單而平凡，有些人是不能做朋友的，而花，卻能夠。

勞動如歌

五月在我的窗前歌唱。

那是陽光和鮮花的聲音，當然還有鳥語和天籟。鮮花是陽光創造的，鳥語是樹林創造的，天籟是春風創造的，而世界是勞動創造的。

我坐在綠色的窗前，用鮮花一樣顏色的墨水，在學生本上傾注我對教育的癡情。我和一個普通農民一樣，用自己的雙手來解釋我所有勞動的意義，我用農民對於土地的深情，來對待我所鍾情的創造。春風會讓花開，沃土會使苗壯，而教師能讓一個孩子從幼稚走向成熟，能讓一棵小苗長成參天大樹，這是教育的神奇，常常令我感動不已。

在我累了的時候，我會站起身來，聆聽春風對綠葉的演奏，聆聽陽光對花朵的私語。然後我給我牆角的蘭花澆一點水，那時我就會感覺到我的事業像蘭蕙一樣芬芳，我的勞動是如此詩情，如此豪邁。

有時我也寫一點教育詩行，此時我用的墨水是綠色的，像春草又像常青樹葉，春意盎然，生機勃發。對教育的理解，對於生活的感悟，我都將它交付給我手中的這綠色的墨水，讓它向世界去真情傾訴，而世界未必就能聽到我微弱的聲音，我常常因此而感到自己是如此渺小，可是我的勞動本身卻又是如此偉大和崇高。

儘管這個世界上勞動的方式千差萬別，但都是為了創造物質或思想。愛因斯坦創造了相對論，而一個不知姓名的學生創造了一個會漏水的香皂盒；一個農民在他的農場裏生產了足夠二千人吃一年的糧食，而一隻螞蟻在一棵小樹下營造了一個小小的窠巢。這前後二者的價值自是不可同日而語，但他們勞動的意義完全一樣。

勞動是充實，勞動是智慧，勞動更是價值。

此時，一個企業家完成了一個宏大的設想；一名商人做成了一筆巨大的生意；一位科學家又有了一個偉大的發現……而此時的我，僅僅因為發現了學生的作業上一個小小的錯誤，或是看到了他們一點小小的進步，抑或是悟出了生活中一點小小的哲理，在網絡上發一篇短短的博文，而這些便構成了我生命和勞動中的全部歡喜。

只要勞動著，人就沒有偉大和卑微之分。

勞動如歌。

遙遠的憶念

傍晚，我信步走上屋後的塔山，這是一天中最消閒的時刻，心情很清爽。本來是想在林中隨便走走，可是，有一小小墳堆，墳堆前一塊小小的墳碑引起了我的注意：

「高英霞，六四年十月因表演空中飛人失事，亡故於廬江體育場，時年十八。」

後面標明著河南某雜技團的字樣。讀罷，我的心不由為之一緊。這件事，我是清清楚楚地記得的。那年，我尚在城郊的一所小學裏讀二年級，聽說縣裏來了雜技團，學校特地包了個學生場。那個表演空中飛人的女孩至今仍給我留下了深刻而美好的印象。她化著淡妝，修眉俊眼的，飄逸又瀟灑。她從空中將白色的斗篷飄下來，將滿把的鮮花灑下來，像仙女散花那樣飄飄蕩蕩地贏得了滿場熱烈的掌聲。不像現在的玩空中飛人的老是那麼翻筋斗，那個女孩的空中飛人玩得很有藝術韻味。可惜後來沒隔幾天就聽說那個女孩摔死了，消息傳得沸沸揚揚，整個小城都為之深深歎惋。記得那天是下著一點兩點小雨的，而後便是一片晴好的陽光，但我們的心情並不因此而變得晴好，這個印象和感受使我終生難忘。

現在，我驟然在此見到這塊墓碑，心境和感慨都和幼時大不一樣。不僅僅是那一點點的歎惋和憐惜，更多的是讓我聯想起美好而多變的人生。你想，一個女孩長到十八多麼不易，傾注了父母雙親多少心血和愛意，而十八正是如花的年齡，充滿著美麗和憧憬，且又身懷絕技，死就死了，偏又死在異地他鄉，生活於她，是不是過於殘忍了一些。

一個燦爛的年華就這樣悄然而逝，她永遠長眠在這裏，遠離親人和他鄉的青山為伴。小小的墳堆，即使有夢，也是好孤單好寂寞呵。

但再回頭一想，她畢竟為雜技藝術追求過，畢竟生命不是空虛。她為人們曾經留下過那麼多美好的記憶，有那麼多人曾為她的表演而激動而歡呼，並且常常想起她。人生有了這些，我看也就很好很值得了。雖然只有十八歲，但給人的記憶卻總是永恒的年輕，這畢竟比庸庸碌碌終老於戶牖之下要好得多好得多。這樣一想，我的心情也就輕鬆了許多。

送曉婷

曉婷是我們的鄰居。

她心直口快，美麗善良，為人俠氣，處世常有男子風範。因為這一點，起初我們以為她傻，也有人勸她學做淑女，她也並不以為意。

她的夫婿遠在三一七地質隊當一名高工，平時不常回家，於是，我們這些左鄰右舍就幫她從幼兒園接孩子，停電時幫她從井裏打水，順便給她在菜市上帶菜……凡能出得上力的事情，我們都會主動去伸手。

有時，大家聚在一起互相分享一些自家包的餃子、新上市的西瓜，或者其它美食，凡是有什麼好吃的，左鄰右舍招呼一聲，大家都來了，在午後的樹蔭下，在傍晚的籬笆前，圍坐一張小桌，吹涼風，看明月晚霞，說一些山南海北的事情，親如家人，其樂融融……

記得那一次，學校組織上九華山，我們一家都想去，尤其是孩子，可是因為沒人看家而舉棋不定。曉婷見狀便主動放棄機會，要給我們看門，讓我們放心去玩一回。她是真誠的，我們終於成行，這使我們心裏充滿了感激。

人生要是能夠這樣一直過下去，的確是一種難得。

而突然有一天，曉婷宣布要調走了，調到她夫婿的身邊。我們聽了這個消息，先是愣了一愣，而後心中悵然若失。大家能夠相聚在一起，不能不說是一種緣，如今要散開，說明緣盡了。大家惆悵了一陣子，也都能想得開。人家夫妻相聚，應該祝賀才是，於是大家仍舊一如既往地幫助曉婷做些臨行前的準備。

曉婷走的那天，天氣特別好，汽車裝載著她的家具和行裝，準備連夜開走。我們在客來仙飯莊準備了一頓晚餐，盛情邀請我們大家共同的也是唯一的異姓阿妹。

曉婷呆呆的，看得出她對幾位阿哥有一種真情的留戀，在燈光下，我們依稀見到了她眼裏有飽滿的淚水。我們盡情歡笑，好讓曉婷愉愉快快地離開。大家輪番向曉婷祝福，祝她好事綿綿，美麗年年。酒是紅葡萄酒，杯是夜光杯，情是真情，曉婷舉杯祝福大家，臉上帶著微醉的酡紅，美麗得像一個純情的少女。她說：「困難時，能得到眾位阿哥的幫助，我今生無憾。並祝各位阿哥家庭幸福，生活美滿。」她仰起脖子，將一杯紅葡萄酒一飲而盡。

那時，我看見她清亮的淚水順著秀氣的臉頰湧泉般地流了下來。

我們既傷情又感動，我代表大家向曉婷獻上了三十三朵玫瑰，那是她美麗的年華，閃光燈隨之一亮，淚光瑩瑩的曉婷便被摁進了相機的快門。

夜曲依舊在唱，霓虹燈依舊在閃，門外，明月掛在天上，汽車的馬達響了。曉婷，各位阿哥祝你一路風清月白！

蘭語

二月是蘭月。

在這個月份裏，我喜歡在花市上流連徜徉，尋找一盆自己認為滿意的蘭花。

蘭花大都是一小束一小束的，這種蘭花不好，一般是一季即香消玉殞，而那些帶土的一大盤一大盤的蘭花，時間可以開得很長。如果侍養得好，可以年年發箭開花。

「世間清品至蘭極」，蘭花是王者之香。我對蘭花情有獨鍾，除開她自身美麗的原因之外，還因為蘭花曾經給過我難以忘懷的人生體驗。

在鄉下當回鄉知青的時候，每天要參加十二個小時的體力勞動，為了不使自己荒疏，晚上還要看書，一看就看到夜深一兩點。在鄉下的第四個年頭，我已經是精疲力盡，而前途渺渺，婚事茫茫，生活中已經沒有了任何的等待和懸念。在了無意趣的巨大寂寞中，我感覺到我的青春正在漸漸枯萎，聽到了滿地都是生命落葉的秋聲……

就在那個關鍵時刻，躲在我床腳的一盆蘭花悄然綻放了開來。

蘭花開放的時候，我一點兒也不知道，那天我一身疲憊地回到家，放下鋤頭大鍬，推開我那沉重的油木門，沒有提防的，一股難以敘說的清雅的幽香撲面而來，我甚至以為我的小房裏躲匿著一位芬芳的女子，一下子使我陶醉如泥。看著盛開的蘭花，我長長地呼了一口氣，心裏有一種難以敘說的清新。

它是我在屋後的大山上修路，從那峭崖上順手採來，隨便地栽置在一個破破的瓦缽裏，放在床腳牆邊，除了偶爾澆點水之外，好像也沒怎麼去管它，而它卻這麼靜靜地盛開了，如一泓清沏的泉水，那清馨就像泉上的水霧一樣，嫋嫋地一點一點地從翠淡的花萼上漫溢開來，陶醉著我，感染著我，滋潤著我乾涸的心靈。使我不得不聆聽它那清香的訴說。

她說了些什麼，也許人聽不懂，而我卻聽得格外傾心。

突然之間我好像覓到了一個知音，心因此而變得萬分寧靜，我不知蘭花是否為我而開，也不須破譯蘭花對我說了哪些知心話語，但那以後我一下子對生活充滿了憐惜和耐心。

而耐心，在那時是多麼重要！

生活中就是那麼一點小小的啟示，就好似一點清新的空氣，一口甘洌的泉水，使你一下子變得鮮活。

後來我的生活果然就有了起色，上了大學，畢業後，有了一份屬於我的工作，戀愛結婚，成家立業，做一個平凡的小人物，在這應該屬於我的空間裏享受著我的自由，我說不出這有多麼好！但我忽然就想，要是沒有那一盆蘭，我實在想像不出那時還會出現什麼變故，現在的生活又該是什麼個樣子？

所以我萬古長青地鍾愛著蘭花，情繞青青五瓣，心繫一縷芳魂，實際上這是一個受恩者對恩人的回報，是共經逆境的不同物類的相互理解，更是一個小人物對一位真君子的真情仰慕⋯⋯

月光如水

那天傍晚，我幫妻子出班刊，一直忙到很晚。

出門的時候，星星已經亮了，華燈也一盞接一盞地明亮起來。我們不走正街，我們的家在城市北部的一個貧民部落裏。

我們走上一條彎彎的田埂，妻子怕蛇，便走到我的後面。這時，東方群山鋸齒一般的褶皺裏，已滾出一輪渾圓的明月，天地間剎時一下全亮了起來。

走完田埂，接著便是一片開闊地，綠草茂盛得像足球場，茵茵茸茸，舒舒坦坦。月光照臨，更顯溫藹可親。我走不動了，依著草地輕輕地坐了下來。妻子依著我的身軀，一同坐到了草地上，我們就這麼相互依偎著面對明月，說不出一句話，在如水的月光面前，我們顯得從來沒有過的寧靜與安詳。

那時的市聲很遠。只有如水的月光在與我們對話，默默的交流使我們的心情萬分美麗。我們的背後，是城市的萬家燈火，但那不屬於我們。我們目前所擁有的，只有這如水的月光和美好的心情。

但，這就足夠。

月光下，妻子眼睛格外明亮，長長的睫毛在月光裏顯得細緻而分明，想說什麼卻又欲語還休……這讓我心中頗為歉疚，我說，什麼時候，等我掙了錢，我一定會給你買一座有著落地長窗的大房子，讓你天天晚上能夠看見月光，而不像今晚這樣坐在草地上。妻子說，不用，嫦娥倒是有著好房子的，那是月宮，可她多麼寂寞，不像我們能夠天天在一起，這就很好呵。

我特別感激妻子的這句話，使我男子漢的自尊受到保護，我的心一下子浸潤在月光的清水裏，我實在說不出當時的感覺，但我知道，那是一種真真切切的理解帶給我的感動。

我們不曾擁有更多的物質，但這一刻卻千金難買。

我很想用自己的雙手，掬一捧月光之水飲下去，但我捨不得。可我會用整個心胸，牢牢記下這個令人陶醉的時刻。

我想，假如手上的東西多了，月光對我們也許就是多餘；假如心裏被許多物質塞滿，月光對我們就不再是空明。如果那樣，對於人生，這是多麼巨大的損失。

物質可以創造出來，但心情卻不能，金錢可以越聚越多，但美麗的月夜卻只有一個。

妻子挑水我澆園

妻子挑水，是因為我的腳崴了，很長一段時間行走不便。因此每天傍晚時分，妻子都要用兩隻小小的鐵桶到校外西邊的池塘裏去挑水。那裏的水好，又清又純。妻子將水挑來了，我自然就不能袖手旁觀，我拿了一個小小的木瓢，將那甘香清冽一瓢瓢地灑向我的小園，水花開放在晚霞裏，晚霞美水花也美，我的小園更是美不勝收。其實我的小園裏也沒有什麼名貴的花朵，只有幾叢菊，幾株雞冠花，還有幾棵紫茉莉和幾小朵月季，都是妻子栽的。她是一個閑不住的人，不僅在門前種了花，還在後院裏種了菜，小白菜，嫩生生的，誰見了誰愛。而我愛的只有菊，它清浚不群，多情多彩，是花中的真君子，我之所以願意為妻子澆園，十有八九是看在這幾叢菊上。妻子依樹而立，看上去，淡淡的欣喜，如菊，很田園。

澆過了園，月亮上來了，校園裏的月亮很美，圓圓亮亮的，明明媚媚的，大大方方的，把那光輝無遮無攔地灑向人間，人說月光如水，這比喻真是再好不過，我跟妻子說，我們在澆園，月光在澆你呢！妻子說，澆我什麼，我也不是花。我說，你是花，在我的眼裏，你是人間最美的花朵，你曾經是那麼美麗，那麼迷人。就是現在，你也是很美的呵！妻子將一顆水珠彈向我，我知道我老了，不好看了，可是你還拿我打趣，淨說些好聽的，怕我晚上不給你酒喝。

說話間，有很多人家的孩子陸陸續續地從學校裏放學回家，他們從我們身邊走過，叫一聲伯伯好，又叫一聲阿姨好，聲音甜甜美美的，讓我們羨慕得不得了，我們也有一個美麗的女兒，但她在遠方讀書，不到放假絕不會回家，我就和我的妻子在一起相依相偎，我們住的是平房，我們就在這小小的平房裏繼續發展著我們平常而濃烈的愛情。

晚飯擺上來了，我們小園裏的花朵吸飽了水分，也開始在月光下輕輕舞蹈，夜氣裏儘是花香，我依菊而坐，像一個無冕之王，妻子給我斟酒，我跟妻子說，邀花邀月，我們共是四人，來，乾杯！我一飲而盡，妻子只啜了一小口，說，你又不是李白，李白不僅邀月同飲，還會舞劍呢？我說，李白不會寫小說，我會！李白不會教書，我會！妻子連忙打斷我，說，李白不會鬥地主，你會！李白不會打麻將，你會！你比李白真是能多了。我說不過妻子，一邊豪飲，一邊旁顧而言他。妻子搶我的酒瓶子，你不要喝多了，酒也只是怡情養性的，喝多了容易傷身子。酒瓶雖然被妻子奪走了，可我已經喝得差不多了，微醺中我聞到淡淡的菊香，淡淡的月香，淡淡的夜氣香，我跟妻子說，我不回家了，讓我今夕今宵伴菊而眠吧，還有，還有這天庭的明月，還有這天地間的清風！妻子嗔道，什麼傻話，以後再不許你在這小園飲酒了，一飲就多，一多就醉倒在籬邊。

實際上我一點兒也不多，我裝出酒多的樣子，這樣妻子就會來扶我回屋，那一種感覺我說不出來。

為一本書感動

很多年前，大年初一的晚上，雪花靜靜地飄落，使得鄉下的年夜有點沈寂。我不能出去找我的夥伴，只能坐在竈邊的一盞昏黃的煤油燈前，看一本頭尾不全的破破爛爛的小說《苦菜花》。

夜漸深了，家裏的人都睡著了，周圍一片靜悄悄，我在書中漸潛漸深，漸讀漸迷。書中德強和杏莉一同學習，一同回家，一同到山洞裏躲鬼子，他們那種朦朦朧朧卻又深摯無比的愛情讓我羨慕感動，純真的少年是那麼美好，我在心裏祝願他們能夠愛得萬古長青。可是，杏莉帶著愛的甜蜜回家，發現她的父親王闌之正在給敵人發報，就要返身去告訴德強，卻不小心將一把大鍬絆倒，結果被她父親發覺，她的父親手執一柄利刃，將自己親生的美麗女兒殘忍地殺死。小說在那一章的末尾寫道：

「青春的血，在晨曦中迸濺。」……

讀到這裏，我已經淚不能已，為一個年輕美麗的生命，為一個美好如花的愛情，在一個寧靜的年夜，我一顆少年的心顫慄不已。

多少年了，我仍懷念著那個令我感動的夜晚，一想起那個夜晚為書中人物揮淚的情景，我就能夠觸摸到自己少年時代的可愛和純真。那是一個多麼簡單的年夜，那是一個多麼容易感動的年齡，又是一本多麼破舊的書本！

人生能有幾次被淚水模糊雙眼，現在不說過年，就是很平常的一個夜晚，也比以往熱鬧許多，文化生活也豐富許多，但我卻老覺得自己是生活在一片混沌與麻木之中，心就好像生了一層厚繭，對人對事，於春於秋都是無動於衷。人們也都在忙著掙錢，掙地位，卻沒有片刻的時間來看書，來思考，來感動。生活雖然也是這麼過，可是越往後，我們對生活的感覺是不是越遲鈍？

當一個又一個夜晚生活向我們走來的時候，我已厭倦那老套陳舊的電視節目，也無意留連處處蓄積著陰謀的牌局，我只想找一本我所喜歡的書，將麻將和電視的喧囂關在門窗之外，然後認認真真地看上它幾頁，讓自己忙得近乎麻木的心靈能有一次感動的機會，讓自己的靈魂得到一次書香的沐浴。能夠為一本書而動情，說明我們還知道這世上除了金錢和名利之外，還有其它。

外婆的樹林

外婆老了，舅舅就將屋後山坡上那棵粗壯的杉樹給鋸了替外婆做壽材。外婆顫巍巍地趕到屋後去，見到滿地金黃的鋸末子和那一片狼藉的樹枝，心疼極了，用拐杖搗著地：「我一個死了還不夠，還要拉上一個墊著？」臉上便有縱橫的老淚。

外婆實在是一個軟心腸的人，平生沒有親自動手殺過一隻雞，連走路都是慢慢的一步一步挪，生怕把螞蟻踩死。眼下這麼大的一棵樹說鋸就鋸了，自然是不該。按照外婆的說法，樹一大，就有靈性，是不好隨便說鋸就鋸的。雖然這樣做都是為了外婆，可外婆總是排遣不下，直說「罪過」。

傍晚，外婆拄著拐杖，踱到房裏，拿走我手上的書本，說：「孫子，趁著這春天，去，找幾棵樹秧子來，再把大鍬給我扛上。」

我照外婆說的做了，並懂得了外婆的意思，說：「外婆，你在家歇著，我給你到後山上去補栽幾棵就是了。」外婆不讓，拄著拐杖，一步步地跟著我走到後坡，看著我挖好一個個樹坑，又為我扶苗，看著我把樹苗一棵棵栽上，並用她那三寸小腳，艱難地將樹苗一一踩實，這才放心地跟著我回家，臉上是那種宜人的寧靜和祥和。

如今，外婆已靜靜地躺在青山的一隅，而她親手栽下的杉樹卻年年綻一片新綠，動人的春色抹在枝頭，給人好些生命的聯想。

也許是受了這綠色生命的啟發吧，村中的老人都模仿著外婆的做法，總在自己的餘年栽上幾棵小樹，有的還喜歡栽上一些長壽的樹種，那樣子，怕是有意讓自己的生命在樹的生命中得以延續。

後坡上的樹林一年比一年大了，春風乍至，樹林便颯颯有聲，我聽得懂，那是長輩的語言，他們向我們後人娓娓敘說的，絕不僅僅局限於生命……

清晨，林中的黃鸝在鳴唱了，那是一支動情的春歌，歌聲裏有清淩淩的溪水潺緩流下，流下來滋潤著我們小小的村莊，於是村莊便醒來了，孩子們於一片清新裏，挎上心愛的竹籃子，到林子裏去拾撿那小傘一樣的白蘑菇，去摘那小拳頭一樣的嫩蕨菜……

他們，暫時還不懂得什麼叫「恩澤」，只知道這個生長著綠色童話的林子叫「外婆的樹林」。

蘭花圖案的銀鐲子

母親將自己少年時戴的一副銀項圈拿出來，到鋪子裏打了一副銀鐲子，是一副非常漂亮的銀鐲子，蘭花圖案。女兒上高中，正是愛美的年齡，銀鐲子是為女兒打的，裏面暗含祝福，願女兒像蘭花一樣芬芳成長，可是，女兒只戴了一天，就有了新的想法。

那天晚上，母親坐在燈光下編織毛衣，女兒忽然發現，母親的那一雙纖纖素手，雖然蓄滿了歲月的風霜，但在燈光下看上去卻仍然是那麼白皙，如果戴上這副蘭花銀鐲子，一定非常好看，女兒十六歲，有的是青春，而四十歲的母親似乎從未戴過一件像樣的首飾，這一副銀鐲子，一定要送給母親，讓親愛的母親也好好地美麗一回……

女兒用一塊紅綢子將銀鐲子包好，寫上深情的祝福話語，悄悄地放在母親的床邊。

那時，夜色正深沉，母親睡得正香，女兒的舉動，母親一點兒也不知道，只是那一夜，母親夢了一個美夢，她夢見有一個美麗的天使，用馨香的指甲油在她的額上點上了鮮紅的一點，使她一下子擁有了青春的亮色：春天多美呵，陽光真明媚……夢中，母親發出了沉酣而幸福的微笑。

夜深歸來的父親發現了這副銀鐲子，定定地站立了好一會。他公司倒閉，負債累累，成天在外為躲避債務而夜夜遲歸，現在，他手捧著這副銀鐲子，看著情意綿綿的祝福語，他似乎一下子明白了她們母女之間發生的故事……

他淚水漣漣，情意婆娑，很久很久，他沒有如此地感動過了，而現在，他對著這一副銀鐲子不能自已：一個男子漢，不曾給妻子兒女創造什麼，卻反而要從她們的故事裏去接受教益，實在是愧為人夫人父。明天，他要重新換個活法，好好振作，活出個好樣兒來，為社會，為家庭，也為自己和事業，要麼，無論如何也對不起這副銀光閃閃的銀鐲子了……

看春聯

對於我來說，過春節最大的樂趣莫過於挨家挨戶去看春聯了。

我是在蕪湖上大學的，每年節後，我到學校的第一件事，就是揣個小本子去看春聯。蕪湖是個古老的城市，歷史文化源遠流長。我走大街串小巷，挨家挨戶去看春聯。我基本上不喜歡那些跟著形勢走的大而空的標語口號式的門對子，我喜歡看那些有一定文化底蘊的古色古香的老對聯。有的春意盎然，景象美麗，如「春回芳草地，人在杏花天」；有的春聯氣質寧靜，典雅祥和，如「茶亦醉人何用酒，書能怡我不須花」；還有的春聯看重修養，以德怡人，如「安居仁為美，擇里德有鄰」；更有的春聯機智生動，以舊翻新，如「真善美情感三極，桃李杏春風一家」；更有的之乎者也，頗有儒雅之風，像「又是春來也，還將酒醉之」……那時，我在學校的四年裏，收集了上千條這樣的古對聯，可謂是一筆不小的財富。

有時，有的對聯裏還有很豐厚的歷史知識，像「何必思舜日，即此是堯天」，這個舜和堯就是歷史上的兩個明君，借此表達對新時代的讚美；還有《說岳全傳》上的岳飛去買劍，那個儒雅的賣主帶岳飛去他家的時候，岳飛看到他家的門上寫著的對聯是「柳營春試馬，虎帳夜談兵」，就知道這個賣主姓周。賣主果然是姓周，名三畏，以為岳飛是神人。而岳飛只是從這個春聯上知道這是說漢將軍周亞夫細柳營的故事，所以才知道賣主是姓周的。所以看春聯也能使人變得聰明靈秀。

節間，有時我也常和幾個朋友一道去看春聯，看春聯時猜主人的身分和職業。「書似青山常重疊，燈如紅豆最相思」，這是學者、讀書人或者教師家的；「秋研桂露金成液，香散橘泉玉作丸」，這是老中醫家的；「丹青現山水，金筆繪樓臺」，這是繪畫人家的；至於「文章華國，詩禮傳家」，那無論怎麼說，這也是個書香宅第哩；「惜花春起早，愛月夜眠遲」，貼這樣春聯的，不是一個有修養的文人雅士，就是一個多愁善感的香閨淑女。

當然，在所有的春聯當中，謳歌時代嚮往美好的常常占多數：「年好花開如意色，世昌常拂吉祥風」；「年年開發年年發，月月有餘月月餘」。還有祝福平安祈求福壽的更是常看常新：「太平真富貴，春色大文章」；「南山欣作頌，北海喜開樽」，看罷令人心情振奮，備覺喜慶。

往事如歌

那一年，連生在一所農村小學裏當民辦教師。

放寒假的時候，縣文化局來了通知，要連生到缺口區招待所去報到，省出版局兒童文學組派人來主持一個創作會，會後出一個兒童文學集子。連生接通知後就到車站去買了車票，然後到大隊幹部那兒去請假。

正是中午，大隊部裏卻很熱鬧，大隊幹部吃過了飯，正在打紅心五。連生有點情怯地說出了請假的理由。有個幹部一聽，馬上說：「不行，你哪兒也不要去！」在場的幹部們都擡頭看著連生，有的說：「你應該安分點！」

那是一個非常時期，大人物們連續逝世，鄉下謠言紛起，連生不是喜歡寫點文字嘛，他們就懷疑謠言是連生傳播的，也許是連生平時個性不好，他們就勢多次對連生審查，要開除連生團籍，開除民師，材料報在公社尚未結案，這樣連生就處處低人一等，並且處於半管制狀態。

連生說：「車票已經買好了，浪費了可惜。」一個幹部說：「那就去退。」

他說得很乾脆，不容置疑，連生心裏真的很難過，但還是答應去退票，可一出門來，連生就直接上車到了缺口招待所。這種逆反心理使連生很快意，但他也很擔心大隊幹部來找他的麻煩，好在他們並不知道連生開會的地址。

已經是快到過年的時候了，招待所裏靜悄悄，沒什麼人，總共就他們來開會的十幾個房客，靠近食堂東邊有一排地下室，又安靜又暖和，大家就住在那裏。初到一起，有著說不完的話，主持會議的是文化局的創作員郭永鑄老師，他人厚道，喜歡玩，寫作的間隙就拉人到他的房間裏去打牌。省出版局來的是黃國玉編輯，盧江人，既是來開會，又是回娘家，還帶來了許多書和年曆畫，讓大家高興得不得了。他看了連生的稿子，就將連生單獨找去，說了許多鼓勵連生的話，連生聽了很高興，把心中的壓抑一下子忘記得乾乾淨淨。

食堂掌勺的小師傅也是個文學愛好者，跟在郭老師和黃編輯身後團團轉，將飯菜做得有色有味。看到連生瘦，就說：「你多吃點呵，在鄉下也沒什麼好的吃。」大家也紛紛朝連生碗裏夾菜，飯廳裏很溫暖，氣氛親切得如同家庭。

郭老師早知道連生在鄉下所受的種種委屈，對連生很關切，跟連生說：「你不要著急啊，有機會我就將你借到文化局來，給我們抄抄寫寫，省得受那些窩囊氣。」

羅曉帆是上海知青，當時在寫作上已很有名氣，在農村的窩囊氣他也受過，因此對連生同情有加，他拍拍連生的肩膀，說：「我送你一句話，普氏的，『假如生活欺騙了你，不要憂鬱，也不要憤慨，不順心的時候暫且容忍，快樂的日子就要到來。』」

對於這種種關愛，連生說不出一句感激的話，他害怕語言的蒼白，心裏，充滿著許多無言的溫馨。

一天，連生正在專心改稿，突然服務員在叫：「誰叫連生？電話找。」

連生不由得一下子緊張起來，該不是大隊幹部瞭解到情況，打電話來找茬吧，心裏不由得壓上了沉沉陰影。猶猶疑疑拿起聽筒，一聽竟然是女聲，清麗，如黃鶯初囀，那時刻，他動情極了，是她，梅芳！

梅芳是下放知青，她家和文化局的郭老師是鄰居。她聲音有點帶氣：「你就是到了天涯海角，也總得告訴我一聲吧，放假這麼多天，我都不知道你去了哪裡，學校的結束會上也見不到你的人影，你是把我當外人看嗎？我是到郭老師家問范阿姨才知道的。」

連生說：「千萬保密呵！」

梅芳說：「你少廢話，告訴我，你什麼時候回來？」

他們對著話筒還說了好多，現在連生想起來，每一句都言猶在耳，親切如初拂的春風。

回到房裏，連生坐在那裏半天沒動，他靜靜地體味著人生的況味。這人世間，有氣，可仍然還有那麼多的愛的呵護，在那麼多愛的濃蔭之下，那些壓抑就通通化作點點淚花悄悄消溶在連生年輕的眸子裏。

稿子通過的那一天，晚上會餐，飯後，大家都聚到郭老師的房子裏捨不得離開，郭老師是個很重感情的人，心很細膩，他拉著連生，很動情地跟大夥說：「我們有不少業餘作者在底層生活得很苦，很壓抑，但是他們卻仍然把最美好的精神食糧奉獻出來，說起來又可貴又令人心酸。」他撫了一下連生的的肩，說：「我們的這位小老弟在鄉下的處境就不是很好，希望大家以後能多給他寫信，建立聯繫，使他在那裏不至於很孤單。……」

聽了郭老師的話，連生頭一低，眼淚便不由得流下來。

第二天早上起來，天微雪，地上皚皚一層薄白。招待所門前的幾株臘梅正在吐蕊，金金的顏色，幽幽的暗香，於這充滿暗香和祥瑞的小鎮之上，連生滿懷深情地為梅芳挑選了一方潔白的紗巾，他要告訴她，人間所有的愛意，都美好溫馨並且芬芳無比。

玫瑰緣

妻子說，做姑娘時做過一回很美的夢，夢中彷彿是在一個明麗的早晨，陽光初露，天空潔淨得如同一片蔚藍的海域，空氣新鮮得一波一波的。正在對鏡梳妝之時，有一陣濃郁的花香輕輕慢慢嫋來，嫋來，嫋進藍色的紗窗，讓人情不自禁地心旌搖蕩……那香是六月的薄荷香，又似乎是二月空谷幽蘭，純正而又清新，信手推開小小的軒窗，發現窗外的樹上結滿了繁花，一朵朵看上去燦若明霞，那情景令人驚歎不已，疑心是什麼仙宮裏的玉樹瓊花。出門走到樹下，那粉紅色的花瓣便輕輕灑落、輕輕灑落，沾得滿身滿地都是。

妻子說，當時她家並無小院，窗前亦無樹木，可夢中的景象卻那麼逼真，逼真得長久地長久地陶醉著她。後來，她下放鄉村，我們在村辦小學裏相識，她到我家來玩，那時正是春四月，推開我家的二門，她一下子見到了她夢中所經歷到的情景。那時她簡直驚呆了，無法向我表述當時的驚奇與感動。

那時候，我家院子裏有一叢萬分繁茂的玫瑰樹，那花開起來比碗口還大，每年一到花季，滿樹競相開出千朵萬朵，熱熱鬧鬧，紛紛繁繁，數也數不清，看上去真正是一天落地的雲霞，蝶也飛，蜂也鬧，讓你驚喜得不知所措。

妻子說，那時間，她有了一個非常美好而吉祥的預感，確信我們的相識，絕對是一種天意，一種緣分。

天意或緣分只不過是一種說法，但我相信生活和命運的安排。聽起來似乎有點神秘，但生活總是這樣，因為一句理解的話語，一個會意的眼神或一種心靈上的默契，都會把兩個完全不同的命運連接到一起，使二人在今後漫長的日子裏共同承擔對方的喜怒哀樂。

後來，妻子到了公社宣傳隊，有個不大不小的官員見到她氣質如蘭，便很鄭重地跟她說：「將來，我要你做我的兒媳婦。」

妻子演的是那個長辮子的李鐵梅，汽油燈下，她的聲音清清亮亮，眼睛清清亮亮。痛說革命家史一場，她和那個李奶奶抱頭裝哭，要是真哭也就好了，可她倆偏偏長久地抱在一起不能分開，我們在台下也能聽到他們那吃吃的笑聲，戲，可就演砸了，戲演砸了事情也不大，大的是對待樣板戲的感情和態度問題。於是便受審查，便不推薦，在鄉下一待就是整整十年。

到後來我才知道，她和李奶奶抱頭裝哭時，兩人的髮夾卡在一起了，怎麼也分不開。她說，如果不是一根髮夾，她早該是人家的「兒媳婦」，或是早就該被推薦走，又不知在哪天涯海角，該不會是你的人了。

她說得不錯。

我相信這便是緣分。

要麼，我家院中的玫瑰樹為什麼好端端地跑進一個陌生女性美麗的眼中，讓她做了一個粉紅色的玫瑰之夢；要麼，一根普通的髮夾為什麼會改變一個人的命運，而將她的寧靜聰穎和我的愚頑蠢鈍連接到一起？

除了緣分，還有其他說法嗎？

未識深閨睡美人

至今才知道，我居住的小城之東六十里處的小嶺還有一座名叫睡美人的山峰。

她安詳仰臥於藍天之下，目秀眉清，神態俊美，面部畢肖如生。整個身子呈露出女性最美麗動人的線條。讀之悅眼，觀之可親。這小嶺睡美人比起雲南滇池之畔的西山睡美人，無論是睡姿還是眉眼，其情其態，其美其媚，其韻其神皆有過之而無不及。只是此處山高林密，離城又遠，所以有此睡美人峰，卻養在深閨而人未識。

仲秋時分，我因為到小嶺去辦事，這才有機會見識了這位沉睡的美人峰。

當時，我驚訝得半天說不出話來。

正是天高氣爽山明水麗的季節，睡美人在晴空下顯得格外嫵媚：有數朵白雲若盛開的蓮花，留連在她的身旁，久久彷徨不去，更顯其俊美飄逸，恍若天仙。

方志上不曾記載，久居此地的人們見慣不驚，故而此睡美人一睡億萬斯年，不曾被世人一睹芳顏。

我在山下小村，找到了一位白髯飄胸的八旬老人，虔誠詢問睡美人峰的來歷。老人告訴我，聽他祖上說，相傳在漢成帝年間，皇家在民間選美・選中了小嶺秀水村一名青年女子。進宮之日，其女和戀人相會於幽林，淚如泉湧，話語綿綿；兩情依依，難分難捨……為表達愛情的忠貞，其女自食蔓陀蘿花醉死於高林之下，最後化作睡美人峰。

距睡美人峰十五里，有一座戀人巒，相傳就是那個男青年幻化而成。當他得知戀人為他而死，他面對睡美人而長跪不起。八尺鬚眉，憂傷難抑，終於化作亙古的山巒，和睡美人峰遙相呼應，長相廝守。其景動人，其情感人。

聽了老人的敘說，我方知此峰的背後，還珍藏著一個如此纏綿悱惻美麗憂傷的愛情故事。

要是在別處，這座神情畢具的睡美人早已是名滿天下，不知要做出多少文章了，又不知應該怎樣包裝才能與其美麗相匹配。可是在這樣一座小城，這樣一個靜山謐水的地帶，睡美人峰只能是靜靜地等待著生命中的真命天子。

這種寧靜的美麗，這種美麗的耐心，真讓我心有萬分不忍。

在人間，有多少人的命數與此相似！

可貴的是這份耐心，難得的是這份堅忍……

望著輕雲薄繞的睡美人峰，我不由得肅然起敬。

貳、別夢依稀

曾經的往事，雖歷歷在目，終如夢如煙。
夢醒了，煙散了，剩下的，只有心上那遊絲一般的思憶，
拴住的那一星星一點點，一定是生命中最珍貴的東西……

年輕紀事

十六七歲的時候，早慧的心裏迷迷濛濛地戀上了一個名叫金梅的同學。

那時我們同在公社農中讀書，同在一起搞宣傳，在一起排演對臺詞，有時又一同下田栽秧割稻，晚上還三個五個的守更看護學校的甘蔗園。彎彎的月牙斜在天上，清輝臨照著迷濛的鄉野，我們坐在美麗的水塘邊，聽夜風下的微波輕輕蕩漾，月光在水裏泛著鱗鱗波光，月下世界，有泥土和稻花的清香……蛙鼓聲聲，和風拂在臉上，無憂無慮的心裏裝滿了青春的歡喜。

學校食堂前面，靠東有個長滿青草和灌木的山崗，金梅和一些女生經常在那兒晾曬衣裳。池塘就在崗子下面，洗衣時，她的影子倒映在碧波裏，紅褂子和細柳枝相互交映，有點像江南水鄉。

我們在那裏度過了一段最美好的青春時光，後來農中解散，我們這些莘莘學子便各奔東西。回得家來，心裏萬分惆悵，那時我才發覺自己對同學金梅是如此刻骨相思。可是她家距離我家少說也有二十里路程。交通不便，相見艱難，更何況我每天還有繁重的體力勞動，要掙工分呢。父母和生產隊長是絕不允許我們隨便亂跑的，那時受壓抑的心理實在苦悶不堪。直到有一天我實在受不了相思的折磨，這才下定決心，偷偷地跑去看望我的金梅同學。

午飯後，我悄悄地離開了村子，穿越一條又一條田間小路，走到金梅家，已是半下午了。她家村前的稻場上有很多人在做事，好像是打場什麼的。那時我看到金梅穿一件碎花小褂正從家裏走出來，秋天的風吹拂著她的頭髮，是那麼樣的令人迷離……見到她，我的心一下子就跳得像個小鹿，怦怦的不知該說些什麼才好。她紅了一下臉，跟我說：「到我家坐坐吧？」我不知為什麼說：「不坐。」那時我真的是昏了頭，這實在是一種說也說不清的心思。場上有那麼多人在看著我，我有一種被打量的難堪，我手足無措，竟不知是怎麼離開金梅的。

現在想起來，那是一個不敢表明也不能表明的年齡，也實在是因為喜歡，才那麼勇敢地想去看看她，才想去和她說上一句話，回家後我還要受責備，甚至挨打，可是我卻是那麼心甘情願。

這真是一件不可思議的事情……

這可能就是我的初戀。因為年輕，所以勇敢；因為不懂，所以純真。更因為短暫，所以才如此美好，我常常會因這個回憶而備感溫馨。

愛情在山坡上拐了個彎

小學畢業前夕的一天，母親帶我一道去五姨娘家吃喜酒。大表哥結婚，娶的是我四姨娘家的二表姐。親上加親，因此喜事辦得很熱鬧。五姨娘家住在裴崗鎮上，經濟條件好，不像我們家住山裏的那麼艱難。很自尊的母親一直不大願走這門親戚，但是辦喜事，無論如何還是要去一去的。

當時，母親就我這麼一個兒子，念書還不算笨。母親只帶我去，無疑是要撐個門面，同時也暗示親戚，別看我們現在還窮，但有個會念書的聰明兒子就是體面，就是將來的財富。這樣，母親也不至於在酒宴上顯得低人一等。當然，那時我還不能理解母親的意思，只曉得玩。五姨娘家有兩個寶貝女兒，大的叫大姑子，小的叫小姑子，在家時就聽母親說過，見到了才知道她們長得是真標致。小姑子和我同齡，只是不曾念書。我去的時候，她正坐在門前的凳子上剝毛豆。低著頭，一副文雅寧靜的樣子。很快我們就熟了，她把辦喜事的鞭炮偷出來一大串，我們就拆開來，躲到塘邊一個一個地燃放。母親知道了，就把我叫到一邊，教導說：「一定要斯文呵！」於是我就跟小姑子說：「我不玩了。」把鞭炮從口袋裏倒出來。小姑子就說：「你媽媽是不是很凶？」

回來不久的一天晚上，四姨娘就到我家來了，笑嘻嘻地問我：「小姑子怎麼樣，好不好？」一聽這話我的臉就羞紅了。四姨娘笑得很開心：「我給你做紅媒，要不要？」我聽四姨娘這麼一說，心裏別提有多高興，可嘴上硬說：「不要不要，我還在念書哩。」

那時的鄉俗就是如此，喜歡姑表結親或姨表聯姻，知根知底又是親上加親。

但是母親和父親心中有數，一致採取反對意見，因為兩家貧富懸殊，搞不好擦掉老面子，到時下不來台，兩家都很尷尬。但四姨娘熱心熱意，極力主張如此，所以父母也不好再說什麼。

於是，我小小的心眼裏就天天在靜待佳音，連讀書也不甚用心了。這樣大約過了半年，四姨娘翻山到我家來，我眼巴巴地等著她提起親事，可四姨娘就是閉口不說。等到四姨娘走後，母親才跟我說：「孩子，要好好讀書，爭口氣呢！五姨娘說我們家人多，她小姑子洗不了那麼多的衣服。」

我心裏很難過，那種酸楚以及被羞辱的心情實在難以述說。我聽母親的話，一個勁拼命地讀書，將得來的鋼筆、圖書以及寫著品學兼優的成績報告單帶回家來，交給母親，坐在竈下燒飯的母親，臉上總是蕩漾著玫瑰色的微笑。

後來，我上了初中，又上了高中，漸漸將此事淡忘。有一天晚上放學回家的時候，母親高興地跟我說：「好兒子，你猜，誰來了？」我疑惑地搖搖頭，表示猜不出。「是小姑子來了，她和你姐在山上幫著砍荒呢，你還不快去。」

我飛快地跑上後山，在一片蓊鬱的叢林裏，我一眼就認出了那個熟悉的已經長大了的身影。新升上來的滿月透過林隙，給她恰到好處地勾畫了一個充滿青春活力的輪廓線。我興奮地喊了一聲：「小姑子！」她擡起身，大方又羞怯地應了一聲：「二表哥！」這時候，我看到了她姣好的面龐上，閃閃生動的一雙黑亮的大眼睛，以及佈滿額角的那些美麗的汗珠子。那時，我的心裏充滿幸福。

鬼精的姐姐藉口下山了。我就跟小姑子說：「怎麼也想不到你會到這鬼地方來呵。」

表妹說：「我們圩區，燒鍋草可缺呢，不像你們這裏，草這麼多。」

我說：「草多有什麼用，錢多可以買到草燒。」

表妹很窘，說：「什麼時候有空，上我們家玩呵。」

我笑：「你家的門朝哪邊開，我都記不得了。」

她也笑：「你的記憶就那麼不好？你不記得，四姨娘可是記得的。她一去，就說有一個書生，讀書怎麼怎麼好，聽得我們耳朵都起繭了。」

我說：「那個書生是誰呵？」

表妹說：「你不要故裝糊塗，你想想，四姨娘認得的書生能有幾個？」

那個傍晚，我和表妹抱膝坐在充滿青草味的山岩上，沐著皎潔的月光，拂著清涼的秋風，就這麼漫無目的地說了很多很多。

這樣又過了將近一月，我從學校回家討米，聽到床上有咳嗽聲，媽媽告訴我這是五姨父來了，他正在和父親說話，樣子神秘而莊重，黃昏的黑暗裏，只見到有兩枚煙頭一閃一閃。

晚上，睡覺時，父親鄭重地跟我說：「五姨父老遠地來，為了你呢。小姑子只要一套土布衣服，就可以到我們家來過日子。」

這真是個好消息，可是半天我又冷了，並無法向老父解釋。老父哪裡知道，上高二時候，有個很好的學友和我海誓山盟，雖然我愛小姑子，愛我這個美麗又清純的小姑子表妹，可那邊，我又怎麼向我的同窗交代。

那是個萬分難熬的時日，幸虧母親當時看出了點什麼，跟老父說：「小姑子的父母可像古戲文裏唱的，是個嫌貧愛富的主呵。過去嫌咱們家衣服多，洗不了，可現在咱們的衣服反倒少了嗎？」

於是此事就此擱置下來，親近的表妹成了永遠的表妹。

二月杏花

老家住在山區，一到春季，紫丁香啦、野櫻桃啦、映山紅啦……熱熱鬧鬧的什麼花兒都開。可在二悶的記憶裏，花開最早最好看的當數村西頭李二奶奶家門前的那棵杏樹了。它一開花，淡白裏帶點淡紅，看了格外起精神。

杏花開過後，過段時間，那棵杏樹上，就掛滿了一嘟嚕一嘟嚕的小青杏，二悶上學的時候，總要拐彎到那樹底下，看一眼，口水就要流下來。小歡慫恿二悶摘，二悶跳起來剛一伸手，二奶奶就從屋裏出來了，他們快步飛跑。二奶奶在背後罵道：「明個我準到學校找你們老師去……」

到了麥黃時候，杏兒全熟了。一陣風吹來，叫人牙根發癢。有天晚上，小歡跟二悶說：「二悶，聽說，二奶奶明天要下杏兒賣了，我們今晚去偷杏，你幹不幹？」二悶心裏犯嘀咕。小歡說：「怕什麼，再不摘，明兒杏就沒了。」

於是，晚上，二悶和小歡去偷杏。二悶爬在樹上，他摘一個，小歡就在樹下接一個。月牙兒彎在西天，淡黃色的月光映著杏樹枝丫，那杏兒和樹葉混在一起，看上去模糊一片。有一串杏兒碰到二悶的手了，二悶一高興，手一哆嗦，就有幾個杏兒掉在地下，「咚咚」一陣響。這時「吱呀」一聲，二奶奶的門開了。小歡聽見門響，貓一樣地溜得不見影兒，留下二悶在樹上，跳也不敢跳，動也不敢動。二奶奶來到樹下，張望了一回，說：「樹上那是二悶吧？快下來！」二悶想：她在咋唬呢。她的眼睛能看清我嗎？又是晚上。

二奶奶又說：「你怎麼不動呢？掉下來可不得了。月光照著你，看上去一黑團，我還能不知道嗎？」

二悶知道藏不住了，只好爬下樹來，一聲不吭地站在二奶奶的跟前，臉燒得厲害。

二奶奶沒罵二悶，只是說：「回去吧，明天幫我爬樹摘杏子，和小歡一道來。」

二悶如釋重負，轉身就跑，剛轉牆拐，聽到了小歡咯咯的笑聲。原來她沒跑遠，躲在這兒偷看二悶的笑話哪。二悶氣極了，她卻笑得全身直哆嗦。

第二天，二悶和小歡真的都來了。下杏時咽了許多口水，但都爭氣，一個也沒吃。下完杏後，午飯時，二奶奶送給他們好多杏子。媽媽堅決不受。二奶奶走的時候，媽媽跟二悶說：「不懂事的孩子，昨晚偷杏了嗎？你不要搭拉著腦袋，我全曉得了。你知不知道，二奶奶那棵杏樹，吃鹽，吃油，全靠著它呢，那是她的命根子。」

可那時，二悶哪裡知道那麼多呢？

後來，二悶和小歡都長大了。高中畢業的時候，他們一同回村。路過二奶奶的杏樹下，說起兒時那有趣的一幕，心裏還感到好笑。

那一年，又是青杏掛枝的時候，政治理論的學習高潮在村裏掀起來了。一天，小歡以學習小組長的名義，帶著幾個青年社員，到處割資本主義尾巴。大家來到二奶奶門前，要鋸樹，二奶奶抱著樹幹不放。二悶看了不忍心，也幫二奶奶求情，結果小歡同意不鋸了；可是，在夜裏，那杏樹還是被刨了根。杏樹倒在二奶奶門口，青杏子滾了一地。

自那以後，二悶發誓再不理睬小歡那個不通情理的黑丫頭。

後來，小歡大概也發現自己做得不對，主動找二悶檢討，向二悶求和，二悶才不理她呢。有一天傍晚，二悶正在河邊洗手，她也溜到河邊，說：「你真的不理我了嗎？」

二悶鼻子哼了一聲，心裏想：「你大概不能叫二奶奶門前的杏樹再開花吧？」她大約猜到了二悶的心思，似乎很難過，但卻裝出滿不在乎的樣子，還要再說什麼，二悶已擡腳走了。

幾年後的一個早春，二悶要上大學了，臨走的頭天，媽媽說：「二悶，去吧，去跟小歡打個招呼，在一起長大的，考上大學是喜事，不去她心裏會難過的。」

說實話，二悶也真想找小歡說幾句心裏話，可是，開頭是二悶不理她的，現在這口怎麼開呢？她還記不記得過去二悶在河邊的那種態度。

月光灑下來了，二悶決定去找小歡，走過二奶奶的門前，見到一個人彎腰在忙著什麼。走到跟前一看，是小歡。她在栽樹，是杏樹。二悶心裏不由一陣高興：「你哪來的樹秧子？」

小歡說：「我自己培育的，已在我家的小院裏生長兩年了。那一次挖了二奶奶家的樹，做得太不近人情，惹得許多鄉親都白眼看我。後來我決心以行動來改錯，重新取得大夥的信任。」

聽了小歡的話，二悶心裏真高興，說：「小歡，我們到小河埂上去玩吧，杏樹明天再栽。」

小歡說：「明天我要走了，文書要我到縣園藝場去學習技術，回來要真幹呢。我怕走時誤了植樹季節，趕著給栽上。」

二悶說：「明天我也要走哩……」

小歡愣了一愣，說：「你走吧，我不送你了……」她說得輕輕淡淡的。

聽了這話，二悶心裏反倒感到一絲悵然，覺得小歡真的還在生他的氣，真的不理他了。童年純真的友愛，使二悶有點捨不得離開她，覺得應該對她說點什麼，但卻什麼也沒說得出來，一時間，只聽見小河的流水嘩嘩地在響……

小歡看二悶那樣，「噗哧」一笑：「發什麼愣呀？等到杏樹成活了，我就寫信給你。」

果然，當校園芳草乍綠的時候，小歡給二悶來信了，那裏面，夾著兩朵含苞欲放的杏花。

遙遠的牛鈴

在我，最動聽的莫過於兒時的牛鈴了。

我在七歲時就當放牛郎，放到九歲，開始進學校啟蒙讀書，但一早一晚，仍然和老牛相依相伴，早上踏著露水上山，晚上披著月色進欄，整個童年時代，耳朵裏響著的就是那一聲一聲美麗的牛鈴。

牛鈴繫在牛脖子上，叮噹叮噹的悅耳動聽。這樣做的目的當然是為了便於尋找。因為山深林密，而我們又總是最愛貪玩的，將牛們往山上隨便一丟，我們便三個一團五個一夥的鑽到山裏：去摘野果，去撿鳥蛋，去拾蘑菇，或者乾脆到處去野玩。天黑時，那牛們早已跑得不見蹤影，於是我們便在些微的晚風中仔細地聆聽那一聲一聲的牛鈴，這樣我們就能非常方便地將牛們給找到。

我放的那條水牛名叫「豁鼻子」，它的脾氣很溫順，力氣又大，犁田打耙都是好手，很多人都喜歡使喚它，他牽來，你拽去，它的鼻子自然就豁掉了。到我放牧它的時候，它的鼻子已經是傷痕累累。

因此我格外憐惜它，和它成了很好的朋友，牽它到水草最豐美的山坡或湖畔去放牧，放牧時，我還帶上一把小鐮刀，一個竹籃子，割下最柔最嫩的青草來充當它進欄以後的夜餐。這樣，我的老牛「豁鼻子」很快的就被我給放養得油光水亮。我從來都捨不得抽它一鞭子，甚至連騎在它背上我都會心疼。只有到天黑的時候，我們因為怕狼，這才跨到牛背上去。而我的「豁鼻子」向來都是最懂事的，只要我往它跟前一站，它就向我低下它那高貴的頭顱，讓我的一隻腳踏在它那彎彎犄角上，再一昂頭，就將我送上它那寬寬的脊背。

月光銀銀地灑滿山坡，山林顯得迷濛寧靜而又美麗，只有牛鈴在一聲一聲地搖響，還有牛們那一下一下有節奏的啃草聲，我和我的夥伴們騎在牛背上，就像聆聽著一聲一聲的搖籃曲，迷迷糊糊的就想入睡。而狡猾的老狼此時就會偷偷地襲擊我們，它們從老林子裏潛下來，悄悄地向著我們逼近，做好撲食的姿式，可是它們這一切功夫都是白費，我們的牛們根本就沒有將它們的這點雕蟲小技放在眼裏，仍然鎮靜自若旁若無人地吃它的青草，待到狡猾的老狼逼近身邊，我的坐騎「豁鼻子」只須輕輕的一犄角，就會將老狼們給摔得老遠，發出一聲聲嚎叫，然後我的牛兒又若無其事地繼續吃它的青草，它的動作坦然至極英雄至極。

危險過去以後，我們就安然地伏在牛背上沉沉入睡。我的「豁鼻子」吃飽了，就會跟著牛群走回自己的家園。它駝著我，慢騰騰挪動的腳步就像一個很有修養的紳士，從月色裏，一步一步地噠下山來。我趴在它溫溫的背脊上睡著，迷迷濛濛中也能感受到它脊骨的搓動和牛鈴的歌唱，我夢得很愜意，似乎在飛翔。直到它進欄時，牛欄的門楣刮著了我的脊梁骨，那時我才會真正的清醒過來。

我在牛背上夢到了牛郎和織女，夢見了銀波閃閃的銀河，我的牛兒駝著我，輕輕地跨過河漢，鵲橋上的牛郎好像就是我自己。滿天的星星如同美麗的寶石，在十字形閃爍的光芒裏，編織我童年時代最美麗的神話。

從七歲到十五歲，我和我的老牛兄弟相處了三千多個朝朝暮暮，那時，我沒有外婆溫馨的搖籃，沒有奶奶古老的歌謠和迷人的傳說，只有美麗的牛鈴伴著我漸漸長大，牛鈴，是我最動聽的童謠，牛背是孕育我美夢和幻想的學校，還有那牛的誠實、勇敢、仁慈和寬厚，都成了我潛移默化的啟蒙老師。

在我走出家園外出求學的時候，我的老牛兄弟未來得及向我打聲招呼，就化作了一片蒼茫的山影，叮噹叮噹的牛鈴也化作了漸漸遠去的溪聲。它勞作一生，淳厚一生，給我留下了永難忘懷的深深憶念。有時，我一回頭，彷彿就能看到我那老牛兄弟正對我發出一聲親切的問候：「哞——」，那時，我在人情世俗中被顛簸得萬分疲憊的身心就會得到片時的寧靜。

惜別姚莊

初陽照著彎彎的田間小路，小路那端，是我可愛的校園。說是校園，其實只是一戶人家的老堂屋。學生總共十三個人，最大的九歲，最小的只有四歲半。這戶人家是富農，家裏有五個孩子，最大的女孩名叫小靈，有十九歲了。我高中畢業以後，大隊就讓我在這座名叫姚莊的生產隊裏當了個民辦教師。

我很喜歡這個工作。因為每月有十五塊錢的補助。到年終，大隊還有工分補貼，另外我還能利用課餘時間看看書。但是最主要的，我以為是因為有了小靈。

孩子自是天真無瑕，而且出奇的聰明伶俐。記得當時我教他們背《重上井崗山》，他們居然背得一字不差，工作組來檢查教學質量，孩子們背書，將他們聽得一楞一楞的，都誇我的書教得好。

可是這不是我的功勞，我的語音不好聽，有些語音讀不準倒還罷了，還有點夾舌。「三十八年過去」，這個「過去」我讀成「過次」，小靈聽了自然想笑，就說，我來給你教吧。於是就帶著孩子重讀一遍。她也念過高中，語言清麗動聽，孩子們都喜歡。可是她卻當不了民辦教師，因為她是富農的後代。結果她教出來的好處卻記在我身上，這真是有愧。

在那些春天裏，小靈會在我土築的講臺上放一把紫雲英，孩子們也都學著她的樣子，將一些野花野草的帶到教室來，讓「校園」享盡了土地的芬芳，孩子們無邪的童言稚語，讓我重溫著童年的歡樂，小靈的美麗純真，使我備感溫馨。傍晚或清晨，我帶著孩子們到野地裏去讀書，到柳林中去唱歌遊戲，而那時，小靈姑娘會在田塍上，挽著個竹籃子，對著我溫婉而美麗地微笑。

有一天，我坐在小靈家的房門邊看書，小靈的母親走過來，紅著臉，有點支吾地跟我說：「小王老師，我，有一句話，不知當講不當講？講了，也不知有沒有什麼用？」

那時，我的心已經提到了喉嚨眼。我想，小靈的母親一準會說：「你和我家的小靈……」那可是我深深期待的呵！

可是，小靈的母親的話到嘴邊，卻是：「我想問你借點錢，……也不知可以不可以。」

她的話一出口，我就失望至極！

那時正是春荒，很多人家都青黃不接，我的補助工資都存著在，小靈家要借，那可是我巴之不得的。

打這以後，我的心倒是天天在懸著，我盼望小靈的母親能對我說那句我想聽的話。可是，直到小靈的母親將錢還給我，我卻始終沒能聽到那句令我心跳的語言。

有一回，我幫小靈去挑水，小靈說：「馬上又要推薦了，遲早你都是要離開我們村子的……」

我說我不會被推薦走，我只想當個民辦教師。

可是半年後，高考制度恢復，我瞎貓子碰了個死老鼠，真的考上大學了，我不得不依依惜別我那份心愛的工作，不得不離開那座充滿溫馨的小小村莊。

我到房東家和小靈去告別，小靈正挽著一籃豬草從野地回來，那時，天上儘是碎碎的流雲，小靈見了我，眼睛紅紅的，說：「你要好好念書，要有出息，把過去忘了……」

可是，人就是這麼奇怪，最不能忘懷的往往就是過去。那些對自己曾經有恩的人和事，總是像微風一樣，常常在不經意之間吹拂著你，直把你的心吹得像軟軟的流蘇。

今宵有月

就這麼靜靜地坐在月光裏，任身邊的青草發出幽微的清香。

這時候，便有一些清香的往事不知不覺地輕繞著他，一如林梢輕輕浮動的夜嵐……

玉珍要到廣播站去當播音員了，這種機會萬般難得。臨走的時候，玉珍來向他告別。玉珍萬分美麗地站在皎潔的月光裏，像個純潔的天使。其實，他們倆平時相處得並不是很好，在一起的時候多是吵嘴，誰也不能服誰，可玉珍現在卻很親熱地把自己的手交給他，他們就這麼手拉著手一同走上故鄉的山崗。山崗上有小風微拂，玉珍的秀髮一掀一掀的，他看著玉珍，心中有一種離別的惆悵，一下子覺得有很多很多的話要向玉珍傾訴……玉珍似乎也忘記了過去的許多恩恩怨怨，話說得又輕又柔，說以後再也沒機會和你吵架了，總不會為了吵一次特意坐車來找你吧……說罷眼裏蓄滿了晶瑩的淚水。

玉珍這樣一說，反倒引起了他對過去歲月的許多懷想，人生，能夠在一起吵吵原來竟然也是一種緣分，一種幸福，這實在使人有點意想不到。玉珍的廣播站離這裏也算不得很遠，小小的別離居然使玉珍變得如此脆弱。脆弱才是女孩子的美呢。他擡頭望月，第一次發現人間月夜竟是如此美麗，他很想向玉珍說說什麼，可是話也不成熟，不如緘默著。直到若有所待的玉珍揮手走下山崗，他還坐在被月光照白的山崗上獨自惆悵，心中有一種非常美麗的感傷。

又是一個月兒偏西的晚上，他要到大學裏去讀書了，阿哥的江淮車停在村邊的土公路上，老父為他挑著行李捲，送他到車上。母親和妹妹眼淚漣漣地守候在橋頭，這時，誰家的收音機正在唱：「月兒彎彎掛在天上，借月光再看看我的家鄉……」聲音顯得格外悽楚動人，深深打動了他那一顆離鄉之心。他回頭一看，故鄉靜靜地沐浴在月光之下，美麗而令人留戀，自此，他走過的小路，牧過的黃牛，還有他爬過的雲崖，摸過螺螄的小河溝，還有那麼多在一起長大的男伴女伴，以及父親的背影，母親的白髮，都將留在他今後的夢中。

離別並不新奇，新奇的是離別有月，離別這東西，難道是與月俱生的嗎？

而今夜，青草地那邊，營火正在熊熊燃燒，同學們興奮異常，圍著營火動情地歌唱：「難忘今宵，難忘今宵，青春如一支蘭花草……花兒易敗，香兒易消……」有幾個女生邊唱邊流淚，看得見她們的睫芒上挑著晶亮的淚珠。這一股真情真使他感動。他帶的班級畢業在即，高中三年流光如水，作為班頭，他也覺得時光過得太快了一點。不說這些生龍活虎的一代人說走就走吧，就是平時放個假星個期什麼的，他看著空蕩蕩的教室，心中也頓生一種空虛和失落，感情上接受著一種難言的折磨。其實他的天性也並不是那麼脆弱，只是他太懂得也太珍惜人間的這種感情了。正因為如此，他對月夜才有一種特殊的鍾愛，對離別才充滿了一種依依的戀情。

有離別的生活才是真正完全的生活。

這時，有幾個學生來邀他跳圓舞曲，他竟然毫不推辭，和他們一樣，玩得痛快淋漓。那時間，他覺得自己灑脫而又青春。

今宵的月好圓好亮呵，他用整個的心，為生活祝福，為友情祝福，為遠方近處的，已經離去和即將離去的朋友，真情祝福。

老父

老父年輕的時候，人稱「小老爺子」。那時我們家裏有五十來畝田，日子還不算難過，父親也還算逍遙。他每天早上帶一個小夥計上城，從上街頭玩到下街頭，到天黑才回來。街上的「宛穀生醬坊」、「萬記藥店」等一些大戶人家見到我父親就會笑臉相迎：「小老爺子來了，進屋喝口茶吧！」父親就進屋喝茶。見到什麼中意的東西，就讓小夥計裝進挑筐，錢自然是要到秋後一把算的。後來奶奶死，李記木材行的一個楠木壽材，父親以三十一擔白米給買來替奶奶送終。說起往事的時候，父親總是一臉的欣慰，他要告訴我，他的一生當中是辦過大事的。

我從小就害怕父親，吃飯都不敢上桌，其實父親從來沒有罵過我，更沒有打過我，只是他那一臉的自來威，看了讓我害怕，讓我敬畏。村裏人也都敬他，有什麼大事辦不了，總是說「找南邊小老爺子吧」，這一點很是引我自豪。上中學的時候，學校需要填表，我就不知道該在那「家庭成份」一欄裏填些什麼，我對那一欄有點糊裏糊塗的恐懼。我將表帶回家，問父親，父親說：「下中農！」於是我就填「下中農」。可是校長似乎對我們家過去的底細有點瞭解，就把我找去，跟我說：「你的這一欄填得不對，得重新再填一下。」我又將表帶回家來交給老父，老父就到隊幹部那兒開了個「下中農」的證明給我帶到學校，校長看了也就沒再說話。從此我就堂而皇之的一直在表上這麼填下去，也一直混在「貧下中農」的子女裏面，當學生幹部，加入紅衛兵，並因此而躲過了同學們的階級歧視。

父親和所有的農民一樣，有著他那種與生俱來的淳樸，也有那種老牛舐犢的深情和狡黠。

解放後，父親和田畝一同歸了公，父親就在公家裏做事，先在大隊的孵坊裏當會計，後來又到鄉里當會計，到責任田的時候，他就回家來養活包括我在內的一大家人。他種了一田瓜，肥得不得了，瓜結得又圓又大，看上去特別可愛。我和姐姐上學時就到瓜園裏去偷瓜吃。父親知道了就罵：「呔，兩個小家賊！」那個時代，村裏因為飢餓而死了不少人，可是我們家大小六口，總算個個都安安生生地過來了，因此我常常想起老父那碧綠的瓜園。

父親這一生給我最深的記憶大概就是一張表，一園瓜了，可是我卻因此而懂得了父親的全部涵義。

母親

在我的心目中，母親不僅是勤勞善良的象徵，也是苦難的代名詞。

我的母親十三歲到我奶奶家來作童養媳，苦自是受盡了。那時家裏雖然有一點，可是奶奶特別算小，不給好的吃不給好的穿。到忙時，家裏又捨不得多雇短工，母親自然是充當短工的最好角色。她和幾個嬸娘一同下大田，沒日沒夜的栽秧割稻，滿身泥水從來沒有一日的清閒。到十八歲，該成家了，奶奶就給母親做了一套土布衣服，這就使母親高興得不得了。可是母親餵豬時，被不通人性的老母豬給扯碎了一隻袖子，母親就坐在鍋下傷心地哭了一個通宵。

有一回，母親在大田裏薅草時捉到了一條大鯽魚，高興可以有魚吃了，可是奶奶見了，奪過去塞在一棵秧下，說那是可以肥一棵稻的，而帶回家，無論如何也會讓人多吃些米飯，那樣多划不來。由此我可以知道母親歲月的艱難。

終日的辛勞終於使母親成了一個持家的好手，可是奶奶就是不寵她。因為母親頭胎生了個女孩，二胎又生了個女孩，這可把奶奶給氣壞了。待到我出世，而奶奶已經去世。奶奶要是在世，肯定會像捧寶貝蛋似的寵著我，可是我一點兒也不愛奶奶，因為嬸娘們在我的跟前老是說奶奶的不是，說奶奶對我母親什麼什麼不好，於是我總是深深地同情我的母親，而暗恨著其實並不在世的奶奶。

到母親自己當家的時候，照說日子應該好過些，可是一點兒也不。傷心事總是不斷地襲擊著我的母親。先是我的大姐桂香在母親外出勞作時，不幸落水身亡，而大姐當時才四歲，又是特聰明特惹人憐愛的。母親為此幾乎哭瞎了眼睛。此事好不容易才過去，我的娘舅也就是我母親的一奶同胞的哥哥又玩船溺水而死，而我的這個娘舅一向就是最疼我母親的。母親的傷心難以悲抑。

那時我還小，但是看到母親的眼睛總是淚水漣漣，但她在家裏從來不哭出聲。一次，我跟母親到野地去，她挖地米菜，我捉蚱蜢，隱隱約約就聽到有誰在哭，聲音極低又極哀傷。我爬過麥壟，見到母親一邊勞作著，一邊哭數著她和我娘舅在一起時的一些兒時的往事。見到母親哭，我就手足無措地呆傻著一動不動。母親見我這樣，她就不哭了，拉起我，匆匆抹乾淚，然後帶我回家。

過多的苦難和打擊使母親的眼睛快瞎了，而且，還使她落下了頑固的心疼病。每到過年過節時，我們最擔心的就是母親會犯病，可母親又總是一年要犯幾次，而且總是犯在我們最擔心的時候。一犯病，整個家就沒有了歡樂，我們分散四處去請郎中，去找單方驗方。可都是不很見效。母親一病，我們比自己病了還要心疼，我們兄弟姐妹都想減輕一點母親的痛苦，但我們又難以辦到。直到母親吃盡了苦藥，受盡了病疼的折磨，母親的心疼病才會好轉。那時，我們就像受了風吹雨打的雛鳥一樣，圍聚到母親身邊去，讓母親摸一摸我們毛茸茸的腦袋。

最艱難的日子要算我們上學交費了。每學期，我們有姐妹三人上學，加上家裏的油鹽柴米，擔子是異常沉重的，而父親雖然是一家之主，但具體操心的還是母親，一切由她來著急，由她來奔勞。那時，我真的不想再唸書了，只想能為母親打打下手，好減輕母親的一點生活的沉重。可是母親絕不允許我輟學，她跟我說：「好兒子，你只管好好念書，媽媽的辦法總是有的。」在最艱難的當口，母親用一把小鍬在她的床腳下掏出一包洋錢來，用淘米水洗亮，以每塊二元五角錢的價格出售給鄉販，這樣，我們不僅可以交費念書了，而且，母親的炊煙照樣天天按時升起。後來我才知道，那一包銀元是母親不知什麼時候攢下的一點私房，最終在我們身上派上了用場。

在故鄉，給我最多溫馨的是母親。給我最多心疼的也是母親。

小屋情思

這小屋，年紀已經很老了，牆上呈一種灰褐的顏色，沉澱著過去的歲月。高中畢業回來，我便住在這間小小的屋裏，老弟和我花了一天的功夫，給老牆上了一些粉，小屋就精神煥發，變得年輕好看了一些。

我在小屋擺了一張床，放了一張條桌，窗口還青青著一盆蘭花草，再在桌上放了些書本和筆墨紙張，於是小屋就有了書卷氣了。

窗外是山，是一抹遠山。春天，山上的桃花在遠處盛開，淡淡的紅，淡淡的彩，暈染出遠方一片誘人的天地。我不滿足遠處的這些，就親自動手在窗前栽下了一棵泡桐樹，這是生命力極強的一種樹，栽下了，便不用管，一場春雨，就綠蔭滿窗了。夜晚，於瀟瀟春雨之中，也好聽那叮咚的琴聲，以一解春宵之寂寞。明月當窗之時，夜闌人靜，於月色鳴蛩梧桐清風的絮語裏，就有一個格外安寧的好夢。

小屋偶有友人到來，不外乎是一些知青朋友，有上海的，有南京的，也有本城廬江的。大家來到一起，就天南地北地海扯。也有愛詩的，說一些文謅謅的話，當然也說老舍和巴金；也有思念家鄉的，便哼那首著名的知青之歌：「藍藍的天上白雲在飛翔，美麗的揚子江畔是可愛的南京古城我的家鄉……」這首歌的旋律很美，緩慢抒情的，輕輕一起頭，大家都感動，跟著一起唱，眼裏便有亮晶晶的淚花湧出。

知青當中有個叫如穎的，常常來，來了一待就老半天。後來大家似乎看出了一點什麼，便不好來了，於是如穎就天天來。有時是說來看桃花，有時是說來讀山色，後來便什麼也不說了。她來的時候，我的小屋便充滿了溫馨。她穿一身海藍的春裝，繫一條潔白的尼龍紗巾，風一吹飄飄的，就讓我聯想起藍天白雲。她來時，村口有惡狗，為了關照她，我本可以讓養狗的人家將狗拴起，可我偏不，看了她來，我就躲起，然後讀她受了驚嚇以後，那一臉美如雲霞的淡淡紅暈。

她好愛靜，一到我小屋來，小屋的氣氛就變得分外宜然。春季裏，窗口的蘭花正盛開，瀰漫的香馨恰好到處地襯托了如穎如蘭的氣質。我說話愛大聲，她來時，我便不說話，看她靜靜地坐在我的床沿上，我的心就萬分的感動和寧貼。

母親很喜歡如穎的個性，總說，一個姑娘，難得的是這份寧靜。她一來，母親就炒上一些老花生陳蠶豆，放在桌上給如穎吃。如穎不想吃，但又怕辜負了老人的心意，就用美麗的蘭花指，輕輕捻去花生上的紅衣，放一粒到我嘴裏，又放一粒到自己嘴裏。

春雨綿綿之時，小屋便漏水，那水是醬色的，順牆而流，於是，牆上便有了一些林林總總的水漬。天晴時，將屋補好，待到要粉牆時，如穎說，我看你別粉了，你仔細看一下，這水漬像不像一片叢林，叢林的那邊，你看，是美麗的霞光……如穎這一說，牆上的斑漬便不再是斑漬了，而是一幅富有靈性的水墨畫了。於是，我們在牆上指指點點，哪是林中的小路，哪是路邊的清溪，還有那可愛的小兔，還有那童話般的蘑菇……這樣說著，我們似乎真的聞到了山野的花香，聽到了溪水泠泠的流動，以及林中百鳥歡快的啁啾……

現在，我和穎已從小屋裏走出，屋外的大千世界多麼繽紛燦爛呵，可我總是感謝這間小屋，它孕育了我人生道路上最初的戀情，在小桌前，我思考過，在小窗前，我憧憬過，依著門楣，我傾心聆聽過如穎那美麗的跫音，三尺床上，我做過青春期迷惘而多彩的夢。我怎麼能忘記那麼多個年輕無邪、單單純純又豐豐富富的歲歲月月呵。

我的情思，似乎總繫著那裏的每一個夜晚，總繫著窗外泡桐的每一片綠葉，繫著牆根蟋蟀每一句驚秋的歌吟……

小屋，是我人生中一段難忘而美麗的歷史。

月山流水

月山上的流水是流淌著月光的。

小時候，我們在月山上打柴放牧，累了或者渴了便到月山深處的那一戶人家去討水喝。老婆婆極善良，見我們滿身大汗地走進院子，便遞過木瓢，讓我們自己在她的水缸裏舀水喝。其實，那山間流水滿溪滿谷都是，可我們偏去那一戶人家去喝水。這，不僅僅是因為老婆婆為人厚道，更因為她有個很美麗的女兒阿香。我們喝罷水，就看見阿香和她的老爸背著點什麼從山道上逶迤而來，她頭上有著晶晶閃亮的汗珠，放下背筐就和我們一道去玩。

我們不知道這一戶人家為什麼要住在這裏。聽長輩說，那是早些年，一個城裏的官員官場失意，看中此地風水在此隱居，從此便一代一代地繁衍下來。他們過慣了山裏恬靜淡泊的生活，不願到山下來和村人群居，後來就成了月山林場一個小小的護林點，這一家三口也便成了護林點上的護林人。

月山上有了這麼一戶人家，我們在山中打柴放牧，便有了許多的倚仗。遇上下雨，便去那裏躲避，有時並不下雨，我們也去那裏，看他們園中月季，籬上黃花，我們走慣了他家門前那青石鋪路的彎彎小徑，小徑上濃蔭匝地，坐在那裏乘涼，舒適無比，有時我們便在樹蔭下沉沉睡去，澗水便在夢境裏流過，薔薇便在空谷裏飄香。

那時，阿香會一個一個將我們擰醒，而我們的鐮刀和筐籃卻被阿香藏匿到草叢裏面、岩石背後。牛娃聽著牛鈴能夠尋到他的老牛，牧姑憑著足迹可以找到她的羊群，而我們的工具還不知在哪安睡，我們去求阿香，阿香見我們哭喪著臉，心裏才樂呢，自管在她的綠草地上學雛燕低飛。

老夫妻還有一個兒子在外地工作，不常回來，我們就幫阿香從山溝裏提水，到城裏去買米油。阿香不知是不是就因此看中了我們夥伴當中的一個，忘情時便說：「將來就請你來當我們家的小女婿！」她用她那美麗的手指，按定了對方的鼻尖，臉上是一片可愛的純真。

這句話可就傷了大夥的心了，沒有被按著鼻尖的男孩子們一個個都噘著嘴，不高興的樣子看上去格外惹人心疼。可是不久大家都將阿香的話給忘了，誰也沒去計較那一句也許是說著玩兒的話。五月端午，八月中秋，大家照例都爭著把阿香接下來吃糯米粽子，吃中秋石榴，那面都都的板栗兒也是阿香極愛吃的，吃罷，還要讓她用粉紅的圍兜兜上一些，帶回山去給她的阿爸阿媽去嘗新。那時候，阿香簡直成了我們小村的寵兒，孩子回家遲了，只要說一句：「我和阿香玩來。」媽媽便不打。

月山如月，阿香清香，清香美麗的阿香十五歲才上三年級。十五歲的女孩阿香在我們的呵護中總是顯得又嫩又嬌。散晚學時，她不一人回家，對著我們嬌嗔：「我要你們送嘛！」於是大家心甘情願護送阿香回家，踏著月色星光，迎著清涼的晚風，我們的心情安祥又美麗，有阿香同路，月山好美呵！遇上下雨天，阿香不敢過溪，對著我們撒嬌：「我要你們背嘛！」於是大家就爭著背她，阿香像一隻小靈貓，身體又綿又軟，背著過溪一點也不費力。小雨輕輕揚灑，山花格外紅豔，阿香的笑臉燦若驕陽。

十九歲上，一個上大學的男生將阿香約到紫穗槐下，說：「你等我！」阿香搖頭：「我不等你，你不會因為阿香重新回山，你的父母花錢供你上學，目的也不是讓你回山……城裏，有好多阿梅阿菊阿美阿芳……她們都比我好。」阿香哭，清亮的淚水從美麗的眸子淋漓而下，紫穗槐在晚風中婆娑著身軀，婀娜著美麗的憂傷。

我從月山上走來，多少年來，我和許多人一樣，在心底一直惦戀著我可愛的童年朋友阿香。當我得空走近月山時，阿香留給我的，只是一片綠色的廢墟。

我久久徘徊在古槐的濃蔭之下，心中充滿了失意和淒傷。腳下，石板小路彎彎曲曲，伸向遠方，槐花如雪，紛紛揚揚，潔白的落瓣和馥郁的暗香輕籠著這一片美麗的廢墟，可阿香的身影呢？我們那童年的歡笑，少年的時光呢？還有那園中的月季、籬上的丁香呢？

青山猶在，綠水長流，而阿香不在，都市生活在遠方誘惑，連小溪都懂得奔向大海哩。

我在石板小路上流連忘返，我們的阿香呵……

蜜月詩情

我和妻子結婚的時候，父母只給了我們一百塊錢，現在聽起來似乎有點好笑，可是當時我的老父為了給我湊足這一百塊錢，卻是賣了一頭豬的。而我那時還在大學裏讀書，妻子則剛剛從社來社去的師範畢業，才開始工作，手邊一點兒積蓄也沒有，因此，這一百塊錢得用在刀刃上才好。我和妻子一合計，就打算買一只手錶，因為妻子是小學教師，上課，表總是少不了的。可是我們到街上一看，那錶都是挺貴的，一百塊錢根本不夠，於是我和妻子又東拼西湊地湊了一些，花一百二十塊錢買了一只北京產的雙菱牌手錶。樣子挺大氣的，而且是雙菱牌，成雙成對的，吉祥喜慶，妻子很喜歡，我也很高興。

但是這樣一來，我們的手邊就所剩無幾了。我和妻子沿街而走，很多東西我們都是只能看而不能買，可是我和妻子相依相擁又感到十分滿足。已經是秋天，滿街都是成熟的瓜果，最後妻子在一個小攤前花二角六分錢買了兩只碩大的紅柿子，放在了她那小小的紙兜裏。妻子是個有心人，可能是取事事如意的意思。再看看我們實在是沒有什麼好買的，就又相依相伴著一同往家趕。那時我們的新家是安在妻子小學的一間小小的泥巴屋子裏，離城還有二十多里，我們是步行，走在秋天的田野裏我們有說不盡的喁喁私語。田野一片金紅，有成熟了的稻子，有沉甸甸的大豆，也有一片兩片待收的紅高粱，天空一片湛藍，陽光好得就像三月陽春。妻子的學校就在那群山環抱的山窩窩裏，此時也正被一片無邊的紅葉點染著，我們如同行走在畫中，不時有陣陣桂花的清香隨風輕輕地漫過來漫過來，讓人感到生活是如此多姿多彩而又多情。妻子說：「我們歇一會吧。」於是我們就依著一塊長滿翠草的田埂輕輕地坐了下來。我萬分內疚地跟妻子說：「等我有錢了，我們再一同去遊蘇杭，再補過一個像模像樣的蜜月。」妻子看著我微笑，說：「依我看，我們的蜜月這樣過，同樣也很富有情調，有秋山紅葉，有廣闊原野，還有這千金難買的天高氣爽的金秋時節……只要我們自己感到幸福，這就行了。」

聽了妻子的話，我的心裏充滿了感激，如果有錢，當然能過一個很好的蜜月，可是我們沒錢，但蜜月同樣也過得很好。我們有的是愛情，有的是理解，同時還有這一種無法以金錢購買的和諧和美麗，這樣我們就感到什麼也不缺少，我們互相擁有，便感到是這世界上最最富有的人了。我緊緊拉住妻子的手，說：「今生今世，我們永不離分！」妻子滿面潮紅，說：「不，還有來世來生……」她拿出那碩大的紅柿子，拗開，她一半我一半，我覺得那該是人間最美的美味了，直至今天，我似乎再也沒有嚐到過比這更為可口的柿子。

蜜月過去好多年了，可是只要我一想起當年的蜜月，我就會感到自己依然還是那麼年輕。

初夏，我從知青屋前走過

景象依舊，只是門前的紮根樹高了許多，綠了許多，這高高綠綠，給人好些陌生和憂傷。

小院門虛掩著，門下似有似無地沾了些綠色苔痕，還是那松木門，還是那賺取了我們好些手溫的鐵色門環，甚至，透過層層褪色了的門聯紙，還能依稀看到我們當年留下的豪言壯語……

一隻小狗無聲地走過來，驚愕地打量著我，呵，這不是當年的小狗……依著門框，便有隱約的鑼鼓點兒傳來，若斷若續，飄渺如仙。我醒悟了，這是當年排演的鑼鼓，卻依舊是這麼激動人心。再細聽：悠揚的長笛聲裏，夾雜著幾聲咿呀的二胡，好熟悉，這二胡是阿萍拉的，她聰明，有悟性，凡是樂器，不用教，一摸就會。幾個人當中，只有她知道閔惠芬，因此，也只有她懂得《江河水》……

青蛙跳進水裏，門前的石階上，有一個女子正在洗菜，影子倒映在水裏，碧波溶化著她粉紅的上衣，呵，這不是阿萍，她總是愛穿淡黃的，她也不是這般瘦細，她豐滿，手臂渾圓得似剛剛出水的花香藕，而且，她不愛沉默，勞作時，總愛哼唱著不知什麼時候從田裏學來的那支優美的情歌……

眼前是夜色，月光如水漫開。當年大家坐在院子中央納涼，談論今年誰走了，明年推薦該輪著誰，談得好抑鬱好沉重。我說：「將來你們都走，統統都走，將這知青屋留下來，留給我和阿萍。」大家都笑我，笑聲中，阿萍用她那小巧的拳頭極有分寸地捶了我一下。我說的是真話，真的，當時只有我和阿萍出身不好，於是領導便對我們不好，命運便對我們不好，但是阿萍好，那些值得記憶的夜晚好，那些夜晚美妙的月光好。

日子並不好過，阿萍的手藝也並不出色，但由於飯是阿萍做的，大家便吃得很香，有時大娘送過來一碗蘿蔔菜，我們就這麼狼吞虎嚥地對付著又粗又硬的糙米飯，然後拍拍肚子荷鋤走向廣闊的原野。一碗蘿蔔菜算什麼，可阿萍卻在小本子記著：「有一天，我要報答。」於是大家就羞她，她的臉便很紅很紅，很窘的樣子顯得極好看。那時的早霞和晚霞多美多亮呵，日子雖苦雖累卻不覺得。這一切都是因為有了阿萍……

這以後，再也無人提到要走，因為阿萍真有可能要住下來。這樣大家便爭著打扮這土牆瓦頂的知青小屋。窗口的大口罐頭瓶裏，不時有人帶回來一束花，隨著季節的變更，或是紫雲英，或是馬蘭菊，甚至蕎麥花，大家都沒說這是送給阿萍的，但似乎又都是送給阿萍的，只是香得很苦，整個小屋的氣氛就似一首朦朧的抒情曲，又似一首淡雅的田園詩……阿萍極愛花，鼻子貼在花上，一副陶醉的樣子：「呵，好憂傷的小精靈……」顯得又驚奇又喜歡，那充滿感激的神采使小屋又明亮又溫馨。不過大多時候阿萍不是欣賞花，而是將它做成小巧而精緻的花環，然後掛在胸前，像項鏈，掛在耳上，似耳環，再自得其樂地來一段優美的新疆舞……明月東升，清風拂面，加上阿萍親自給我們拾掇的一小碗豆角，一小碗菜瓜，那真是一個美麗得妙不可言的黃昏。從那時起，美麗而多情的阿萍似乎就是這小屋當之無愧的女主人了。

為了留下來，哭過，笑過，埋怨過，又幻想過，在日月分明的春種秋收裏，大家似乎總在做著一個朦朦朧朧的溫柔之夢，大家都是那麼自信，然而夢醒的時候，阿萍就走了。她當然不可能被推薦走，但時間只過了一個年頭，她就憑著自己的本事考進四季都開著杜鵑花的大別山，那裏有一個省辦的氣象學校。走的時候，男同胞們自然都笑著祝賀她，第一次那麼勇敢地把自己的手與阿萍的手緊緊相握。阿萍本當高興，可卻是淚水汪汪：「我真的不想走，可就這麼瞎碰碰上了。」她給我們做好了最後一頓飯，挑滿了最後一缸水，餵飽了僅有的兩隻雞，哭著和紫根樹比比高，和小狗親親嘴，然後悽悽楚楚地像一株春柳那樣，向我們揮著手、揮著手，漸漸將自己消融在初春的那一片淡綠之中……

今天，我來的時候，正是初夏，這也是我人生的夏天了。我不知自己為什麼要來，也許是來尋找那些美好的記憶，也許是來尋找當年在此失落的夢幻和情思。阿萍說過：「我一定還會來……」可現在裏屋的門上著鎖，一切景象都在暗示這知青小屋不再屬於我們，一種悵然若失之情便似濃霧一般繚繞心頭久久不散。我能看得見當年那皎潔的月華，能聽得見當年那鏗鏘的鑼鼓，可是美麗多情的阿萍呢？阿萍那溫婉燦爛的歌呢……

這是我的故鄉
世上最美的地方
快快來吧，
年輕的小夥子
讓我們變做坡上的牛羊……

歌是那歌，可不是阿萍唱的，抿一口五里大塘的清水吧，今夕今宵，帶我走進纏綿美麗的夢中……

記著你的微笑

那件事發生在十幾年前。

那時我剛剛大學畢業不久,在一個鄉村中學裏教書,我的未婚妻在城裏上班,她家的條件比我家的要好得多。對於這樁婚事，她的父母一向持反對意見。對此我很憂慮。未婚妻出主意說:「快想法往城裏調吧，那樣我們說服家人就有比較充分的依據。」

於是我就想法找人幫助調動。找人總得買點東西,可那時的物質匱乏,稍稍名貴一點的東西就要憑票憑券的,過差的又拿不出手。這樣我和未婚妻就經常在百貨公司尋覓一些好買的東西。

一天，我們在煙酒專賣部的華僑專櫃裏發現了兩瓶山西汾酒。可是得憑華僑專賣券才能買到，我們哪裡有這個，只好望酒興歎。

可是還有什麼比這兩瓶好酒更具有說話的份量呢?大概是我們在這兩瓶好酒前流連得過於長久吧，一個甜美的聲音從櫃檯裏傳出來:「你們要買什麼嗎，要不要拿出來看一看?」這時我才注意到櫃檯裏有一個清秀無比的姑娘正在朝我甜美地微笑。我這才想起自己對酒過於專注，從而忽視了女營業員的存在，實在有點尷尬。

平時不愛說話的未婚妻這會兒卻搭上話去，她把我們的意圖一一告訴了她，並感慨萬端地跟她說:「他調不進城，我們就只好分手，我的父母給我的壓力太大了，這事怎麼想起來就怎麼揪心。」

當時，未婚妻大概只想找個知音傾訴一下心中的抑鬱，卻並沒有抱有其它什麼念頭，可是想不到那個營業員女孩卻聽得格外出神，深被未婚妻的真情感動。她彎下美麗的腰身，從容地打開酒櫃，從裏面提出那兩瓶山西汾酒，鄭重地放在櫃檯上，萬分美麗地微笑著對我們說：「我做主，這酒賣給你們，並祝你們幸福美滿，婚事成功！」

我大喜過望，激動莫名，我不知道自己是怎麼付的款，也不知道這世上有些看起來一點希望也沒有的事情怎麼一下子就變為了現實。

果然，我調動成功。

金秋十月，我和未婚妻萬分喜慶地舉辦婚禮。未婚妻拿著最後一張大紅喜帖，跟我說：「這張請帖應該送給百貨公司的那位可愛的女營業員，讓她來分享我們的幸福和喜悅。」

我說對極了，對於這樣一個滿懷俠義、美麗善良的女孩，我們一定得請她參加我們的婚宴。從某種意義上說，她才是我們真正意義上的紅娘，我們一定得恭恭敬敬地敬她一杯喜酒。

我高高興興地將大紅喜帖送至百貨公司煙酒專賣部，可是卻尋不到那張熟悉而美麗的面孔，我只好將喜帖交給一個有點面冷的女營業員，並說明原委，麻煩她將帖子轉交給那個美麗的女孩。

誰知女營業員卻冷冷地跟我說：「她呀，調走啦。她違反店規，將山西汾酒隨便賣掉了，卻不知晚上有個華僑持券來買，店裏無貨，你想這多糟糕。現在她在二十里外的泥河鎮，你把帖子送到那兒去吧！」

我驚詫莫名……一個美麗的女孩，一個俠義的女孩，一個善解人意卻又萬分無助的女孩，為了成全別人，自己卻付出了如此之多。

一時間，我為她而憤憤不平，但我相信，像這樣一個對生活充滿善意和理解的女孩，一定會永遠對著生活微笑，對著未來微笑。生活和未來回報她的也絕不會吝嗇。

我和未婚妻商定，要帶著喜酒，到二十里外的泥河鎮去尋找那個美麗可愛的姑娘……

拯救父親

父親在七十七歲上得了前列腺增生，平時就是林林總總的，今年夏天偶感風寒，小便再也解不下來了，疾病將他折磨得死去活來，面色蒼白如紙。

父親是懂得一些單方的，多年的陳麥稭草，鄉間小路邊的車前草，加上土地裏的紅蚯蚓熬成的水，他喝下了許多，卻仍不見好，「這錢是非花不可了。」他這樣說著，才讓我的兄弟將他送上城來。

醫院將他收在內科，到了第七天上仍然小便不通，轉到泌尿科，又觀察七天，還是小便不通，只能依靠導尿管排尿，近半個月的觀察治療，父親的體力消耗很大，最後只好手術治療，術後的父親變得骨瘦如柴，突然而至的術後感染更是雪上加霜，靜靜的父親像一座秋山，滿山的樹葉快要落盡了，緊接而來的，可能就是一場漫天的白雪。

父親受了一輩子苦，七十七歲了還在田間勞作，犁田打耙，割稻栽秧，只是不肯歇息，他一輩子和泥巴打交道，泥巴除了給他一副好心腸和一個敦厚的性格，好像再沒有別的什麼了，但是父親卻對土地有著極深的情愛，他說，我們吃的，用的，哪一樣不是土地給的，人，什麼都能忘記，就是不能忘記土地的恩情。

術後感染的父親一身是病，心臟、肺部、氣管、還有糖尿……父親病情沉重的時候，對我說他還有一百九十五塊錢放在床頭枕下，你們拿來用吧。媳婦拿來的時候，發現還有一張五塊的是已經作廢的第三套人民幣。父親不知道，這一百九十五塊錢根本不夠一支藥水的錢呵。可是父親的勤勞節儉卻讓兒女們淚水潸潸。

父親大口喘氣，躺在病床上生命垂危，輸液的通道由一個變成兩個，而後是三個四個，但是血壓還是很快降到四十──六十，除了大腿根還有一點熱氣，渾身都是冷的，醫生一再催促我們要將父親拉回家，家裏來的叔伯兄弟也在催促，四代以上的人了，按我們當地的風俗是不宜「老」在外面的，可是我們做兒子的卻絕不同意。父親吃盡千辛萬苦，將我們一一拉扯到大，現在父親在病床上受難，我們做兒子的應該盡一切努力來拯救父親，哪怕到最後一息。

除了幾個姐姐，四個兄弟我是老大，其餘三個都在農村，我將存給女兒讀書的學費錢從銀行裏取出，老二賣掉了家裏唯一的一頭豬，老三做工，找老闆討了一點工錢，卻在身上留下了道道傷痕，小老弟成家不久，家底子薄，為了父親也在外東拉西挪，到告貸無門之時，他捋起袖子，說他身上有血，父親的血漿可以輸他的，看著小老弟單薄的身子，他今後的道路還長，大家怎麼忍心。可是他還是找了個熟人，賣了四百塊錢的血，那時我真想捶他，可是剛舉起手，但落下來的卻是止不住的眼淚。

輸下了幾支人血白蛋白，又給父親用最昂貴的羅氏芬，安滅菌，最高一天的醫藥費達到一千一百五，像我們這樣的家庭已經算是為父親盡了最大的努力了，我們一邊搶救父親，一面為父親準備著後事，我的幾個姐妹和幾個妯娌悄悄地將父親的壽衣都準備好了，以待不測，可是蒼天不負赤子心，父親終於在一番艱難掙扎之後，從死神那裏潛逃了回來，我們一家人望著臉上初露紅暈的父親，一個個喜極而泣。

出院的那天，醫院的醫生護士以及同病房裏的病友對我們表示了真誠的祝福，他們列隊送我們出院，主治醫生說：「你們兄弟拯救的不僅僅是一個父親呵……」

村裏放了一挂長長的鞭炮，歡迎父親的歸來。那時，田野一片金黃，青山仍在，綠水長流，藍天下的父親看著這一切，笑得分外舒心……

參、鴻爪雪泥

人生到處知何似，應似飛鴻踏雪泥。泥上偶然留指爪，鴻飛那復計東西……

蘇軾先生是個智者，他對人生看得很開，既看得開又樂觀向上，因此活得輕鬆自在……

我們所走過的那點路途，沿途的那點感受，那一點憂戚與感傷，是否經得起那日漸日上的豔豔春陽……

故宮裏的石榴樹

人們都說故宮無樹。

其實故宮並不是沒有樹，沒有樹的只是故宮的外朝，故宮內廷的樹還是很多的。除了御花園，還有皇極殿、甯壽門、奉先殿等地方都有許多很古老很蒼桑的樹木在生長著，另外就是太廟和社稷壇也有很多古樹都還那麼鬱鬱蔥蔥。這些樹木大多在五百年以上，以松樹和柏樹為主，有的枝幹盤曲如虯龍，有的枝葉蓬蓬如傘蓋，還有的彎腰曲背如老人……它們櫛風沐雨，承受著五百多年的風雨雷電，並經過近代外侮戰火的焚燒，如今卻仍然這麼精神飽滿地站立在我們眼前，搖曳著明媚的秋光，這實在是難能可貴。

可是故宮的外朝為什麼不種樹呢？有一種傳說，這是因為害怕樹上藏有刺客，威脅到帝王的安全，雍正皇帝之死，相傳那就是藏在樹上的刺客所為，所以外朝就不再種樹了。這種說法以訛傳訛，很多人都信以為真，並且結合著一些野史，說得分外玄乎，更加使人深信不疑。

休息進餐的時候，有些遊客正好和一個故宮的工作人員坐在一個桌子上，便有人將這個問題向他提出。他聽罷哈哈一笑，跟大家說：「不是這樣的，外朝之所以不種樹，是因為怕樹長高以後，影響了皇家的威儀。作為金鑾殿的太和殿，最高也不過二十六點九二米，而很多樹木只要幾年功夫，就會竄得比它要高得多，那麼象徵至高無上的皇權就會受到樹的威壓，所以故宮外朝就不種樹了。它於藏不藏刺客實際上並沒有什麼關係。」

仔細想一想，這話實在是說得不錯，皇帝上早朝一般天都沒亮，那麼刺客，為什麼偏要到外朝的樹上來冒這個險呢？內廷有那麼多樹木，不是正好讓他們藏身嗎？內廷又是皇帝的寢宮，正好下手呵！至於刺客嘛，自然是有的，清仁宗皇帝順琰在貞順門外就遇到過一回。但是，嘉慶十八年九月十五日的天理教農民起義，其領袖林清帶兵打到了故宮的內廷隆宗門、景運門，有的直逼養心殿，卻是由太監作內應的，隆宗門的匾額上，至今還留有這場戰鬥的箭頭呢；明朝的嘉靖皇帝差點被人勒死，那也是由楊金英等十幾個宮女合謀在一起幹的，所以說，皇家真正的威脅並不是來自樹上的刺客，而是來自自身的腐朽；明清王朝的最終覆滅就正說明了這一點。這，與種不種樹實在沒有太大的關係！

故宮的內廷和外朝是以乾清門前、保和殿後的那個小型廣場為分野的，這個小型廣場也叫橫街，這個橫街上也種了許多的樹木，最引人注目的是那一排整齊蒼翠的石榴樹，樹齡不大，頂多十來年的樣子，顯然栽種的時間並不是很久，可是卻是子實滿枝，好多石榴已經裂開了嘴巴，露出了裏面晶瑩剔透的牙齒一樣的米粒，我很佩服這些石榴樹的種植者，他們真聰明，是借石榴的語言來嘲笑一個王朝的愚蠢呢！

寂寞珍妃井

故宮是一部大書，人們從書裏走進走出，像看了一場時下流行的肥皂電視劇，看過了也就忘記了。但，那一口小小的圍著白色石欄的珍妃井，卻永遠不能從人們的記憶裏抹去。

一叢竹，灑下幾點斑斑駁駁的陰影，井臺上苔痕隱約，那上面自然是留著珍妃求生時掙扎的痕迹，整個清朝的面孔都是模糊的，只有這個痕迹是那麼清淅。人們同情一個二十七歲女子的遭遇，卻慶幸一個二百七十歲的王朝的覆滅。歷史讓一個朝代在這裏腐朽，卻讓一個年輕的女子在這裏長青。

不得志的光緒皇帝讓一個支持他改革的妃子遭到了滅頂之災，說支持，一個女子的力量卻是有限的，儘管如此，那守舊的腐朽的一方卻對她恨之入骨，非得置之死地而後快，改革歷來都是要付出慘痛代價的，商鞅是，譚嗣同也是，珍妃呢，你能說她不是？作為女子，她才是第一個為支持改革而英勇獻身的人，她死得悲壯且慘烈！近代史在這裏應該為一個年輕女子的死深鞠一躬，並且要寫下浸透玫瑰血淚的一頁。

但有人總是將珍妃之死單純地歸根於皇室鬥爭，這固然也可以使珍妃之死沾染一點王朝內部鬥爭的腥風血雨，但那對於支離破碎、沉重屈辱的近代史又有何干？皇室鬥爭，於珍妃最大的干係也不過是得寵於失寵，而鼎力支持改革，才真正關係到國家民族、社稷江山。先有社稷江山，國家民族，然後才有珍妃自己的出路。這也許就是珍妃支持改革的一個真正動因。

可是我們包括歷史卻一直在曲解著珍妃，一直認為珍妃之死不過是受光緒之累，「城門失火，殃及池魚」。這一點我們遠不如那個置她於死地的老慈禧，只有她心裏最清楚，為什麼要將珍妃先囚禁幽閉，後投之於井，再加上巨石，讓她至死也難以見到天日！究其原因其實很簡單，她們並不是簡單的婆媳之爭，而是兩個階級的殊死搏鬥，兩人一個支持革故，一個反對鼎新，新舊對壘，水火怎能相容？不是你死，就是我亡。試想，如果光緒變法成功，誰能讓這個不可一世的老女人來繼續喪權辱國，誰能讓這個人見人厭的老巫婆再來如此地為所欲為，誰又願意再拿出鉅額軍費來為她祝壽享樂？因此珍妃之死，死在必然。然而我們向來都被歷史的迷霧所蠱惑，被慈禧的謊言所蒙蔽，認為她那樣做不過是讓珍妃免於外侮的凌辱，這樣一來，讓一些封建衛道者反倒覺得珍妃死得實在是對頭了！或者說珍妃之死是因為她不夠聽長輩的話，那說穿了也不過是皇室內部的家庭矛盾！這實際上等於抹煞了珍妃之死的真正意義。

如果這樣，那麼珍妃之死，其境界又能高到哪兒去？這和歷朝歷代其它皇妃之死，又有什麼兩樣？充其量也不過說她是皇室鬥爭的犧牲品，這大概是比較好的一個評價了。

當然我們也不是非要有意來拔高珍妃，但是對於這樣的評論，珍妃能死而瞑目嗎？肯定不能！

聽人說，珍妃井的夜晚，珍妃常在此哀哭如歌，那當然不過是訛傳，如果珍妃真的有靈，知道哀傷的話，那也只是哀傷人們對她的曲解，她不過是要向人們討個比較公正的說法罷了。

嗚呼，生也寂寞，死也寂寞，悲哉珍妃！

到郊外看桃花

桃花初開的季節，我們到郊外去。

在一片青黛的遠山下，在清波蕩漾的湖灣裏，有一個小小的移湖林場，那桃花就那麼寧靜而美麗的綻開著，寂寞而嬌豔。

還有一片竹林，一個松樹坡，一塊長滿翠草的青坪，在城市長久地感受著委曲的我們，乍到這片真切的自然之中，我們得意，忘情，而且陶醉。

那時才發現，我們是多麼年輕。

我們躺在草地上留影，折一片草葉含在嘴裏，女同胞倚著青青毛竹。讓長髮臨風，或鑽進桃林，在桃花的粉瓣裏露出燦爛而動人的笑臉，或俯臨溪水，顧影流盼，或矚望遠山，目送飛鴻，春雲在我們的頭頂輕輕流蕩，像我們輕鬆而舒曼的心情。

那時，我們眼前的世界是多麼可愛，青山有意，綠水含情。有一對羽毛美麗的雉雞在悠閒地踱著方步，竟然一點也不害怕我們，我們自然也不去驚擾它們寧靜的生活，這裏是它們的家園。現在，它們也許是在覓食，也許是在談情，也許，是在為巢中的子女尋找一個理想的嬉戲的場所。它與我們是那麼自然地融為一體，親切而又真誠。

春風將桃花的粉瓣輕拂於水，有多愁善感者為此而發出輕輕的歎惜，歎青春年華的易逝，歎自己事業的難成。美麗的大自然，是用另一種方式在警策著人類呵。一個女伴面對眼前的山水，長久地抱膝沉思，我不知她心裏思考的是什麼，但她恬靜美麗的儀態，深切而長久地感動著我的心，我的心因此而美麗，而寧馨……那時，我受到感染，也悄悄地坐下來。想一點關於花朵和果實，想一點關於青春和人生……多少天來。我能以這麼寧靜的心態，這麼美好的情愫去思考一些問題，實在是萬分難得。那時我一點也不浮躁，也不平庸，我思想的花苞在我的沉思中悄然開放，我聞到了自身的芬芳，也看到了同伴們的美麗。我想，如果時間就這麼定格下來，那世界該是多麼美好！

回程時，有同伴怪時光太短。可是，世間有些事物，正因為短暫所以才美好，正因為難得所以才珍存。我們接受大自然的恩惠，會因此而更加珍惜生活，創造人生！

清清白鶴茶

香溪水依舊那麼清沏悠閒，環繞著從村前潺潺流過，屋後的紗帽山一片蒼翠，春鵑謝過之後，萬綠叢中那點點殷紅淡紫，該是繼春鵑過後的朵朵夏花了。二千多年前，美麗的昭君姑娘就誕生在這個秀麗如詩的小小山村，她的故事一代一代地流傳下來，美麗著我們的史書，美麗著我們的民族，美麗著我們心靈的家園。這種美麗，使我們萬分寧靜。

我曾在書上看到，自打昭君進宮入塞之後，這裏出生的姑娘，都會被父母用火鉗將臉蛋燙傷，這樣，昭君故里所有女孩的臉上就有了一道疤痕，並成為傳統一直流傳下來。這個傳說又使我於寧靜中生出淡淡的愁心。因為，這一把無情的火鉗已經將一個美麗的故事燙傷。

我這次來，除了觀景，還要看看這個古老的傳統是不是還繼續存在。

村口，樹陰下有一位賣茶的姑娘，從她那姣好的面龐上，我可以斷定，再不會有火鉗給她構成傷害，而且她和昭君一定有著某種意義上的血緣關係。一問，果然姓王。我們坐下來向他買茶喝，並提出要和她合影留念，她欣然應允，好看的臉上現出一層淡淡的紅暈。

女孩告訴大家，我們喝的茶名叫白鶴茶，出產於昭君故里的紗帽山。在二千年多年前的一個春晨，昭君姑娘到井裏去打水，有一隻美麗的白鶴乘著祥雲，艾艾而歌著向她飛來，在她的頭頂打了一個盤旋，然後就將嘴裏銜來的一棵茶苗送到昭君的手上。那茶苗嫩綠得可愛，在朝陽的輝映下，閃爍著生命的光輝，並且香氣四溢，感人肺腑。昭君目送著白鶴飛進霞光，她不知道白鶴為什麼會將茶苗送給自己，但一定是要她幫著做點什麼，於是她就將這棵茶苗種植在屋後的紗帽山，後來就有了這一片蓊蓊鬱鬱的茶園。

千里老樹，代代相傳。那茶葉採摘下來，其形可觀，其色可愛，其香可人，其味可口，這就是今天白鶴茶的來歷了。

我們打量著桌上盛水的茶杯，那青青茶色的確與眾不同，既有高山之青，也有澗水之藍。那茶葉的葉片，像小小的蘭花瓣兒，有靈性似的，輕盈而寧靜地浸泡在那一汪碧水裏，寧麗而清馨地作著美麗的青山之夢。喝了它，我想，我們的五臟六腑都會清沏透明，芬芳如斯了。

賣茶的姑娘還告訴我們，喝白鶴茶，必需得用昭君井裏的井水。昭君井又名楠木井，美麗的傳說裏是這樣記敘楠木井的：昭君的母親有天夜裏夢見井裏有條龍要飛走，醒來很著急，問昭君怎麼辦？昭君說，不難，用楠木作井臺就行了。「楠」與「攔」同音，取攔阻和挽留之意，那龍自然就不會飛走了。後來，人們按照昭君的意思，從山上伐來了楠木作了井臺，從此，井中水量大增，且更加芬芳透明，遇旱不枯，逢澇不漲。人們都說，井裏的龍實際上是鎖不住的，只不過是為了感戴昭君的美麗和聰慧，所以才留了下來，並不惜用口中的龍津化作玉液，世世代代地滋養著小村的人們。

我又和女孩說起那把火鉗的事兒，女孩一笑：「那有什麼用，女孩長得好看只是外在，哪裡有像昭君這樣聰明出色的。」

這話可是說到了點子上。是的，歷史上的美女何止千萬，為什麼只有極少數美女才能流傳至今？僅僅因為漂亮肯定不夠，像昭君，是如此的聰明靈麗，而且，她勇赴大漠，帶來了邊疆六七十年的安寧，只有敢將自己命運和國家民族的命運緊緊相連的女子，才是一切美色中的大美。

喝罷此茶，我將一個關於美麗的解說帶向四方，並將一顆感恩的心留在昭君故里。

夜謁周瑜墓園

清清的夜風，淡淡的月色，清風淡月下的小城此時早已歸於寧靜。傍依著小城東廓的周瑜墓園更顯得安祥而又肅穆。我不知這一代梟雄此時正在思考什麼。我彷彿看見他手按劍把，長衣臨風，座下的戰馬嘶鳴，仍然是當年的雄發英姿。可如今他早已沒有了對手，沒有對手沒有戰爭是英雄最大的悲哀，現在他將這種悲哀傳遞給我，我理解但我無奈。畢竟，人們嚮往的是和平歲月和田園牧歌！

淡月下，我認真地辨讀墓碑，上書「吳名將周瑜之墓」，是篆體，字比我想像的要小，墓碑也不大，在我的意料之外。墓碑後，是一圍青石，高高的土壟，依稀有幾莖青草搖曳著清涼的夜風。一切就是這麼個樣子。一代風流人物，長眠在這裏做著他的英雄之夢，夢固然是空的，卻給小城增加了許多美麗的傳說和迷人的色彩。

相傳周瑜的先祖生於柳下，是柳樹精靈的化身。他們的家族借助柳樹的頑強活力，代代繁衍，生生不息，而且一代勝似一代。因此孔明在戰爭中只能是「氣」殺周瑜，而不能使用刀槍，如果使用刀槍，則周瑜的後代就更加強不可敵。因為柳樹是不怕砍伐的，越砍伐越興旺。如果「氣」殺，則像柳樹自然老死，那樣生命力就會越來越弱。這就是三氣周瑜傳說的由來。

這種傳說自然是牽強附會，不合史傳的。據《三國志‧吳志》記載：赤壁之戰大破操兵後，周瑜被拜為南郡太守，後進軍取蜀，途中箭傷復發，病死於巴丘。這才是周瑜死因的真相。況且周瑜生來雅量高致，並非小雞肚腸，哪能一氣就病，三氣就死？

正史上的周瑜不僅驍勇善戰，屢建奇功，而且精通音律，善撫琴，年少貌美，因此吳中皆昵稱之為「周郎」。操琴時，許多少女為能贏得周郎的深情一瞥，故意將琴撫錯，周郎便回頭警示，以正其音。所以，歷史上又有「曲有誤，周郎顧」的說法。有首古詩就是這麼寫的：「鳴箏金粟柱，素手玉房前，為使周郎顧，時時誤拂弦。」正是當時情景的再現。如此英俊才子，風流人物，贏得了多少後來者真誠的仰慕。而小說家為了突出諸葛的智謀，特意用周瑜來襯托，這種虛構固然起到了很好的藝術效果，卻難免失之於偏頗。

少年才子，英雄美人，使周瑜在歷史上占盡風流。現在，墓園裏仍然遺有胭脂井，相傳小喬常在這裏用井水梳洗，時間一長，井水便呈現淡淡的霞色，並有桃花一樣的芬芳。小城西邊尚存小喬墓塚，當地人稱之為「瑜婆墩」。兩座古墓，一個城東，一個城西，遙遙相望，息息相依，明人曾有詩曰：「淒淒二塚依城廓，一為周郎一小喬。」小喬名喚喬婉，大喬名叫喬貞，是當時有名的麗人，風華絕代，傾國傾城，因慕周郎的人品和才情，小喬才以身相託，死後亦隨夫婿安葬於故土。

美麗的繡溪河穿城而過，清淩淩水蕩微波，像一條飄逸而多情的藍色紐帶，將東西二墓緊緊相連在一起。風清月白的夜晚，小喬還在河上為她心愛的周郎浣洗戰衣，周郎騎著白馬，沿著青青河岸，一路踏月而來，他將白馬拴在依依柳下，抱膝聆聽著愛妻那動人的杵聲……

那不是戰爭的場面，卻充滿了美麗動人的田園風情。古老而迷人的傳說，給小城增加了許多感人的魅力，是那麼寫意，又是那麼抒情。有多少人為這些美麗迷人的傳說而陶醉。很多海外僑胞就是因為周郎的緣故，紛紛解囊捐資重修周瑜墓園，但更多的卻是來小城興辦企業。於是「周郎美酒」應運而生，「小喬絲綢廠」也合時而建，至於「公瑾」系列產品和「小喬」系列化妝品更是在積極註冊。小城因周郎之故而一下子變得繁榮無比。

清風徐來，月光輕漾，清風月色下的小城，顯得如此安祥而年輕。

琵琶亭裏的女孩

江水浩淼，百舸爭流，匡廬秋美，紅葉滿山。琵琶亭就挺秀在這廬山之下，九江之邊。門正中一塊巨大的影壁上，刻著毛氏的親筆手書《琵琶行》全詩，詩體遒勁，金碧輝煌，這是一九六一年毛澤東在廬山會議之暇，信手寫下，並信手扔進廢紙簍後，經秘書田家英發現，整理並保藏下來的。現在成了珍貴文物。

影壁的另一面，是《琵琶行》的彩繪詩意畫，著意渲染的是琵琶女的商婦之恨和司馬青衫的貶謫之情，並恰到好處地點出了「同是天涯淪落人，相逢何必曾相識」的題旨。登上潯陽樓，眼界開闊，江天一覽，白帆點點，輕舟葉葉，如畫如詩，詩情畫意裏又浸透著一片繁忙的現代景象。

此時此地，我無法能想像得出當年的白居易先生是在哪一個碼頭送別朋友的，也想像不出琵琶女在哪一條船上彈奏琵琶。聽一個知情人介紹說，眼前的琵琶亭其實並不是原址，白先生送別友人是在湓浦口，湓浦口距現在的琵琶亭還有好大的一截子路呢。至於要把琵琶亭建造在這裏，完全是為了城市建築整體上的美觀。於是我想，後人對前人的歷史是不可以隨便修改的，儘管是出於善意，但也讓人有受騙上當的感覺。

這時，耳邊隱約傳來一陣琵琶聲，在江濤秋籟裏顯得格外悅耳。循聲，下得樓來，原來是有人模擬琵琶女在彈曲，只不過是，曲子不是悲傷的，而是抒情寫意，我對琵琶不是很懂，可是我卻能聽得出，那就是著名的琵琶曲《夕陽簫鼓》。不過，想聽什麼曲子，也是可以隨便點的。

聽到我們是安徽口音，那彈琵琶的女孩放下琵琶就和我們攀談起來。原來，她也是安徽來的，安徽師範大學音樂系畢業，到外地來謀求發展的。說白了也就是一個打工妹，但她卻沒有一般打工妹的滄桑，她說她目前還比較滿意眼前的工作，報酬也不錯，只是累一些，一天彈下來，臂膀痠極了。但她總是笑眉笑眼的，見到安徽老鄉她好高興，和我們無拘無束地談了好多。一直把我們送出門來。

門口，一幅聯子，寫的是：「紅袖夜船孤蝦蟆陵邊往事悲歡商婦淚，青衫秋浦別琵琶筵上一時悵觸謫臣心。」

聯子讀了挺令人傷情的，但那畢竟已經是往事，眼前，我們的頭頂藍天白雲，豔陽高照，廬山挺秀，一切都非常美好，我對那個可愛的琵琶女孩說：「願你在異鄉過得好。」她又笑了：「你放心，我絕不是過去的那個琵琶女，你也不是那個多愁善感的江州白司馬呵！」

春聯趣事

什麼東西都有雅俗之分，春聯也是一樣。

我在年紀稍輕時，還是有一點雅興的，每到過年，總是要湊些自認為雅一點的對子：馬年與羊年交替時，我湊的對子是：「雪盡坦途宜走馬，春來麗草好牧羊」；猴年與雞年交接時，我又湊了個對子：「猴喜春山翠，雞鳴曉日紅」，結果這個對子入選了廬陽春聯集。總之這些聯子多少還有一點切題，也還有一點意思。在心裏，總覺得只有這樣才對得起自己，畢竟自己是一個中學語文教師，春聯掛出去不說被別人怎麼欣賞，但總不能被別人笑話吧，所以寫起來就不大敢馬虎。

我也看到有些人家門上的對子不一定有多雅，但卻很有趣。有一家的對子是這樣寫的：「別笑窮人無志氣，發起財來也容易」，橫批是：「可以笑人」。一問，才知主人受窮時曾被人恥笑過，到親戚家借錢都借不著，現在日子好過了，有了幾個錢嘛，這對子多少也為他出了一口閒氣，這對子讀起來就覺得著實貼切而且痛快。還有一家門上貼的對子是：「萬事自摸三張葉，槓上開花一條龍」，橫批是：「想啥來啥」。原來這戶人家是好打麻將的，並且還有一點詩書傳家，看著門聯，主人的幽默風趣如在眼前，真是好玩得很。另有一家的門聯寫的是：「東南西北皆碰壁，拔斧重來又一年」，橫批是「今年有筍」。問及這戶人家方知曾在舊年裏受過一些挫折，寄希望於新的一年，不屈不撓的精神在門聯上也有所體現，著實可貴。

我從中受到不少啟發，覺得俗聯未必不好。所謂俗，也只是不太講究對仗和平仄、大白話、口語話而已。做到內容隨心所欲，想什麼寫什麼，加上有趣，說起來還真有一種內在的大雅。

這樣想，我對所謂的雅聯也就淡然許多，過年時也就不再動心思湊對子，在街上隨便買一張貼起來就是。有一年年後大病，幾近沉痾，病好後才發現門上的聯子不對，那上面寫的是：「迎春迎壽迎百福，納財納祿納千祥」。這春可迎，福可迎，壽怎麼可以迎呢？迎春春到，迎壽壽到，春到是好事，這壽到人不就是要死了嗎？就是人以壽為名，也都是延壽、啟壽、大壽、宏壽……至今還沒有聽說有誰叫迎壽的，可這聯子偏要迎壽，這不是過節的大忌嗎？好好的倒無大礙，生病了就不得不疑。看來這對子的事還真的有點講究，有時過於隨便了，難免使人憋氣。

這樣說春聯還是自己寫的好。那怕動一點腦子，但總不會出現這些不倫不類、看似吉祥實是詛咒的聯子。

有一年，川海商廈為文王貢酒徵聯，條件是必須在聯中嵌進「文王」二字，我就順勢湊了一聯，順便給自家用：「雅士皆文采，美酒慶王冠」，商廈給了我一箱酒算是獎品。妻子說，寫聯是雅事，可是如果只是為了這一箱酒，才這麼胡謅八謅的，這就是雅中之俗了。雖然是這樣說，但一到年邊，她看到電視上有類似活動，還是願意讓我去參與的。次年貿易中心過節徵聯，我又寫了一聯：「好年春美麗，盛世人風流」。這聯子和其它聯子一起，被這家貿易中心印刷了幾萬份，作為節日禮物送給消費者，我也因此得到了麻油、糧液、核桃、瓜子、水果等許多年貨，一家人皆大喜歡。

春聯雖雅，但和「俗」事結合，才會有生活氣息。

漂亮寵物狗

長長的毛髮，大大的眼睛，長得就和女孩子一樣好看，一見面，我就一下子喜歡上了它。

它是非典期間被人丟棄在街邊的一隻小小流浪京巴狗。平時，我並不愛畜養寵物，更何況是如此非常時期，我當然更不會去招它惹它，可是它真是太漂亮了，眼睛閃閃生動，全身毛髮雪白，看見我，就像看見救星一樣，直立起來，兩隻前手向我作了一個揖，然後就跟定我再也不走了。我想，它既然跟定我，說明必有一段塵緣未了，又看它楚楚可憐，如此漂亮，不由得生起了惻隱之心，冒著被妻子痛罵的危險，將它收留了下來。

它真是一隻知恩懂義的小狗，從此，我到哪，它到哪，寸步不離，而且很聽話，深解人意，我上班，不便帶它，它就認真地守在家門口，一直等到我下班，聽到我回家的腳步，它會欣喜地跑過來迎接我，然後跟著我一道進入家門。別人家的狗只吃豬肝，可是我家收養的這只漂亮小狗好像知道自己曾經是個棄兒，所以從不挑食，給什麼吃什麼，我也不必為它愛吃什麼而東奔西走，這讓我省了好些心。

我將鎖鏈從它的脖子上解下來，給它充分自由，我走路時，有時我在前，它在後，有時它在前，我在後，走錯了，它會主動跑回來找我，美麗的大眼睛裏永遠充滿著純真和好奇，我常常為它這一雙美目而感動不已。

我的一位同事家養了四條狗，土狗，本地種，樣子不好看倒也罷了，有一段時間一到夜半就不斷狂吠，鬧得四鄰不安。大家作為同事，實在不好多說什麼，可我的這隻愛靜的漂亮小狗好像也很為此生氣。到了白天，它孤身直闖其家，和這四條醜狗扭打在一起，打累了，就跑回來歇一會，等氣喘勻了，再去搏鬥，這樣的時間一直持續了好幾天，後來，那些土狗終於不再在夜半狂吠了，日子一下子安靜了下來。大家都說，這大概是因為我的漂亮小狗用狗語和它們進行了溝通。

它很愛乾淨，可以不挑食，但是卻極愛洗澡，一到時間，它就會咬著我的褲腳管，提示我給它洗浴，我就用稀釋的消毒水給它沐浴，浴後再給它吹風，雪白的毛髮益發風情獨具，光澤如鮮，看上去就像一個氣質高雅的貴族小妞。

四五月間，我的新居裝璜，整座宿舍樓上無人，夜深時我去查看材料，我真的很擔心有偷材料的人會躲在樓道裏給我當頭一棒，類似的事情曾經在其它樓道發生過，所以心裏總是惴惴不安，可是無論什麼時候，我的漂亮小狗都會陪伴著我，跑在我的前頭，我才到樓下，它已經將整個樓道巡查了一個來回，我知道一切平安無事，膽子一下子就大了許多。

搬進新居的那一天，文朋詩友都來慶賀，可是大家卻都將目光集中在我的漂亮小狗身上，它蹦蹦跳跳的，喜氣盎然，既氣質高雅又憨態可掬，極力想討好每一位客人的模樣格外惹人喜愛。朋友郁林說：「這隻小狗真是好看，我建議，我們大家一齊來動腦子，給它作一首詩吧。」

大家一齊響應，有人拿紙，有人持筆，片刻詩成。我一看，只見寫的是：

藍田美玉落君家，
巫山白雲瑤池花，

回眸生媚何須笑，
借問西子可浣紗？

讀罷大喜，於是各位仁兄又賜小狗芳名「雪絨花」，從此我的漂亮小狗更是寵上加寵，極盡榮華。

可是，我和我的這隻漂亮小狗相處得正在情濃意蜜之時，沒想到它卻最終離我而去。現在想起來，這既是偶然，也是必然，此時非典已經過去，非常時期不再非常，同時，報紙也在報導畜養寵物並不會傳染非典，我的漂亮小狗這才一下子在我的生活裏消失。

這一種惆悵實在難以言說，我們早已將它視為家中一員，無論怎樣，我們都忘不了它。

既然塵緣已了，留給我的只有一聲歎息。

我知道，也許是原先丟棄它的主人見風險已過，並看到了報紙上的宣傳，知道它並不會給人帶來什麼致命的威脅，從而產生了後悔之情，於是趁我不注意，將它重新給提溜了回去，可是，我的漂亮小狗會不會懷疑這種虛情假意！

平安時受寵，患難時遺棄，於人於物都是一種悲哀。

日本女孩谷野千惠子

谷野千惠子是一個十分清純可愛的日本女孩。

我到北京去出差，順便到外國語學院去看一看我的女兒佳佳，吃飯時，佳佳將她的日本同學谷野千惠子給我作了介紹。乍看，她和中國姑娘沒有什麼兩樣，懂禮，有點靦腆和拘謹，按輩份，她用中國話叫我一聲伯伯，眯眯笑的樣子顯得很頑皮。她是日本名古屋大學的，到中國來學中文，而我女兒學的正好是日文，學校就將她倆安排在一起進行語言交流。

應該說我對大和民族是沒有什麼好印象的，我的女兒佳佳學日文是學校錄取時給她安排的專業，起初我們並沒有填報這個專業。但谷野千惠子卻將我的這種不好印象沖淡了許多，她勤奮好學，美麗敏感，看重友情，性格很是東方。吃飯時，她跟我說，那天，她從天安門叫車到廊坊一個偏遠的鄉下去學中國土話，司機沒到那裏去過，不認識路，載著她滿天下繞了好大的一個彎子，才到了她要去的地方，但錢卻一分也沒有多要，她知道自己被關照了，心裏很不好意思，要多給司機錢，但司機就是不要。她下車時，想將自己的感激表達給司機，她的意思是要說：「你繞了這麼多彎子，將我送到目的地，但只收了這麼點錢，我拜託了。」可是她說不來「繞彎子」這個詞，也不知道「拜託」這個詞用得對不對。回來她就問我的女兒佳佳，聽說我是中學教師，教語文的，又向我來討教，最初我沒聽懂，她就伸出她那雪白乾淨的手掌，一筆筆寫給我看，她那好學的精神和懂得感恩的做法給我留下極其難忘的印象。

她告訴我說，假期裏她不回家，要在中國旅遊，問我中國什麼地方好玩，我說蘇杭一帶不錯，張家界也行，她就說那些地方她都去過了，只想到南京去看一看，可是想著想著，卻又突然改變了主意，我和佳佳都鼓勵她說，那裏很好玩，有紫金山，有玄武湖，還有明孝陵、中山陵和秦淮河……是有名的六朝古都，是非常值得一去的。但她卻仍然猶疑不定，半天我才搞清了她想去南京又不敢去的原因，她說，我們的祖先曾在那裏犯下了罪行，殺了那麼多人，如果南京人知道我是日本人，會不會打我？會不會找我算賬？她把我們一下子都給說笑了，我發現她的這種害怕報復的心理跟我們中國人極其相似，樸素而善良。我笑著給她解釋，不會的，中國反對的只是日本軍國主義，對日本人民的態度向來都很友好，尤其是像你這樣可愛的女孩，我們都歡迎得不得了。她聽了我的話，很信任地對我微笑，說：「我一定要到南京去看一看。」

我的女兒佳佳告訴我，谷野千惠子是日本長崎人，但是，她和日本同學從來都隱瞞著自己的出生地，不說自己是長崎人，因為長崎受過原子彈的襲擊，就是在日本本土，如果人們知道她是那裏人的後代，她就會找不著男友，人們都會為自己的下一代著想，害怕和那裏的人結婚。

那時，我的心裏突然變得沉重起來，一個美麗的日本女孩，原來她的心靈深處卻有著如此難言的苦楚，從某種意義上說，我們兩個民族也同樣有著一本苦難的歷史呵。

走時，千惠子送給我一本《日本占相》書，她說很靈驗的，在日本很暢銷，我的女兒接過去一查，她的屬相是「考拉」，一對照，果然有點像，又給我查，是「樹熊」，也很像，於是我們皆大歡喜。中午，千惠子又掏腰包請我吃了一頓泰國飯，大約是算還情吧，因為我請她和我的女兒佳佳在一起吃了一次大排檔，我並沒有花多少錢，而卻讓她記著，這真是難得。

小鎮古茶花

盧江湯池的西邊有個古老的小鎮名叫果樹，古老的果樹小鎮上有個年近七旬的老人，老人名叫朱家慶，朱家慶老人的院子裏有棵古老的茶花，古老的茶花距今已經有五百多年的歷史，有著五百多年歷史的古茶花每年一到春季，總是滿樹繁花，萬紫千紅，像一天落地的雲霞。

電視臺的記者將這棵古老的茶花搬上了銀幕，使眾多的觀眾能夠一睹古茶花的風采，小鎮果樹因此而一夜成名，八方遊客雲集，為的是要親眼看看這棵古茶花的綽約風姿。

據縣誌記載，明永樂、洪熙年間，朱家慶老人的先祖朱紀坦出任雲南總兵，他待人謙和，為政廉潔，愛民猶子，嫉惡如仇。一天，他騎馬路過滇池的雲街，見一惡漢正在當眾侮辱一個賣花的女子，而路人對此卻是敢怒而不敢言。總兵叫過手下兵丁，縛起惡漢，並叫過賣花女來問明情由，原來，那賣花女只是一聲輕輕的叫賣：「大紅寶珠勒——」，誰知這就犯了忌諱，原來那惡漢也叫「寶珠」什麼的，那惡漢因而便以此為藉口，來肆意淩辱一個賣花的弱女子，他本來就是雲街一霸，又加上他和雲南巡撫沾親帶故，別人是不敢去招惹他的，因此他才如此張狂。總兵一聽，滿腔憤怒，令兵丁按倒惡漢，在街頭當眾責罰，狠打板子並令其改過，眾人對此無不拍手稱快。

誰知這樣一做就得罪了雲南巡撫，過二年，朱總兵在任尚未期滿，只得向帝王乞骸骨告老還鄉，臨行時，那賣花女將一盆精心培育的一棵茶花「大紅寶珠」送上總兵府來為總兵送行，總兵是什麼禮物也不收的，這回卻偏偏收下了賣花女這棵珍貴的茶花「大紅寶珠」。在他看來，「大紅寶珠」代表著民心，將是他晚年最大的安慰。

朱總兵回得故鄉小鎮，將那茶花精心栽植在自己的小園，年年歲歲，一片嫣紅，春風秋雨，寒暑交替，轉眼已是五百多個春秋，而那茶花卻是風姿不減，玉葉金枝，紅花滿樹，似乎在向世人訴說著五百年來那不平凡的滄桑經歷。

曾是雲南官邸賓
玉盆舟驛小園珍
四朝廢興經榮瘁
人逢盛世花逢春

我們來到朱家慶老人的家裏時，首先映入我們眼簾的就是他老人家親自為古茶花撰寫的這首七絕，表現了老人家無比喜悅的心情，這首七絕裝裱得十分精緻，懸掛在堂上，旁邊是一幅放大為二十四寸的大幅古茶花照片，這是省電視臺的一個記者為他拍的，是幾朵古茶花的特寫鏡頭，很搶眼的，讓人看了，一下子就能感受到古茶花的獨特風采和旺盛的生命力。

我們走進老人的院子，可惜那古茶花已經開過，滿地殘紅，但卻仍然散發著一陣一陣的暗香，令人情不能已。那古老的茶花樹生機蓬勃，精神抖擻，在金色的陽光下輕輕地舒展著它那油油的葉子。它樹冠高大，占滿了面積約一畝地大的庭院，有些枝條已經伸展到鄰家的屋檐下。主人告訴我們，湯池鎮已打算拆掉一些民房，為這株古茶花開闢一片足以讓它舒枝展葉的空間。

聽了老人的話，我們的心裏也感到無比的欣慰。

桂月

金秋八月，是家鄉傳統的桂月。

這時候，一片輕柔的秋風吹拂，漫山遍野的金桂花便一下子綻開了它那小小的骨朵兒，叢叢簇簇，攢滿枝頭。馥郁的暗香從那玲瓏剔透的玉枝間傾瀉下來，瀰漫開去，於是秋風沉醉，山歌纏綿……

家鄉的蜂群此時又忙碌起來，繼陽春之後，這是採花釀蜜的第二個黃金季節，桂園裏到處是一片嚶嚶嗡嗡之聲。桂香滴落，山泉叮咚，加上野鵓鴣的歌唱，桂園的情調就顯得格外迷人。放蜂姑娘自然是閑不住的，她們的嘴角噙一片碧綠的桂葉，一邊吹奏著戀歌，一邊將金黃的蜜流搖進桶裏。秋陽在桂花上閃爍，桂香和蜜香混和在一起，實在而迷離。

這裏的桂花蜜，有著悠久的傳統，明清兩代即為宮中貢品。它和江南的槐花蜜，淮北的紫雲英蜜，山東的棗花蜜，興化的荔枝蜜共列為蜜中五大上品；還有那桂花王漿，桂花蜂蠟，近年來更是走俏國際市場。一個桂月，家鄉流金淌銀，經濟效益已經超過三月陽春。

桂花又名木犀，很美麗很動聽。可家鄉的人們從來不叫它木犀，只叫桂花。因為桂花的「桂」與寶貴的「貴」字同音，桂花貴花，好深情的呼喚，除開濃郁的鄉情，還包含著多少祥瑞的期盼呵。

按照古老的習俗和傳說，桂月裏，誰要是有幸見到了第一枝桂花的開放，誰就會成為最幸運的人，除了不再受窮，還將擁有世界上最幸福最美滿的愛情和婚姻。因此，每年桂月之初，年輕的姑娘小夥子都搶先鑽到桂園裏，去等待觀看第一枝桂花的開放，有的乾脆就在桂園裏過夜，這種情景就是家鄉有名的「望桂」。月牙彎彎，夜氣靄靄，桂香越來越濃了；姑娘小夥子雙雙對對，情語呢喃，銀河越來越亮了。第二天，誰都說自己見到的桂花是真正的秋風第一枝，但林子大，桂園多，實際上誰看見的桂花都不可能是第一個開放的。只見一夜之間，滿坡滿嶺，奇妙得如同神話世界似的敷金鋪銀，誰又能真正辨得清哪一枝哪一朵是第一個開放的呢？當然，家鄉現在誰也不再受窮，小康生活自是幸福美滿，古老的習俗和傳說看來只是迷人，並不可信。但，人們對這種古老的鄉風，信奉得如此執著，而人類，最難得的不就是這一份虔誠與耐心嗎？

桂花是故園的傳奇，桂月是家鄉的驕傲。

過去，桂月短，桂園也沒有現在這麼多，這麼大。如今呢，科委和農林局派技術員來，不斷改良桂花品種，採用科學方法延長桂月的天數，年年擴種，歲歲更新，這桂園就越來越具規模了。隨著就出現了桂花茶、桂花糕、桂花飴、桂花酒、桂花可樂等系列產品。更為別出心裁的是一種明心健腦的桂花枕。這些產品行銷華東六省一市，尚且供不應求，誰知東南亞一些國家卻又送來了訂單。於是，故鄉的「桂花節」就應運而生了。參加桂花節的大多是被邀請來的尊貴的客人，除了小城各界名流，更多的是遠方來訂貨的客戶。國內國外，老友新朋，歡歌笑語，盡情歡聚。他們的下榻之處，就是桂花軒裏那座別具特色的桂花山莊。桂花盛開，濃香瀰漫，他們徜徉桂園，俯仰之間，流連忘返。拍一張紀念照吧，或倚老杆，或扶新枝，那情景實在是動人情思……

小雪，在江淮之間輕輕灑落

是那個美麗的播音員，最初告訴我這個消息的。

很長時間沒有見到過這麼美麗的雪花了，它輕輕灑落在黃色的臘梅花上，灑落在屋頭的灰色瓦松上，灑落在高大銀杏樹的枝丫上……然後，這一片潔白的落英將我親愛的故鄉妝點得一片素靜。

長江在我故鄉之南，淮河在我故鄉之北，我故鄉的黑土地因為這兩條河流而肥沃豐饒，又因為這一片悄然而來的雪花而美麗無邊。

我曾在江南小城蕪湖讀過四年書，那裏的雪花偏小，偏柔，而北方的雪花又是「大如席」的，所以，我的家鄉的雪花正是恰好，它不大不小，不硬不柔，飄飄灑灑，揚揚逸逸，在靜靜的夜裏，剛好能夠聽到它落地時發出的聲音。有時，這種聲音讓人誤以為是梅花在綻放，又讓人錯覺為野地越冬的麥苗在拔節，又好似枝頭的春英在輕盈絮語，使人在這一片寧靜的夜裏生出許多生動的活力和無邊的遐思。

這一種聲音真好！

真好的還有這一種感覺！

淡淡的小麥香，是從雪花裏散發出來的，同時還有饅頭香，麥餅香……我故鄉的雪花是有香有味的，只要你略略咂摸，還有清苦的苦楝樹花，水水的梔子花和笨笨的木槿籬花……

久違了的小雪在江淮大地上輕輕灑落，我窗前的臘梅精神抖擻，凌寒而開，小貓披一身雪絨花在追逐雪中啄食的雞婆，門前的小河變得是從來沒有過的清亮，它是長江的一條支流，在這輕輕飄灑的小雪中，它純潔無瑕。

多少年沒有見到過這麼美麗的雪花了，而我童年的積雪可是深過膝蓋的，人們都說這是因為地球的「溫室效應」致使雪花銷聲匿迹，雖然我相信這話有科學道理，但是我總堅信，春訊會有的，雪花會有的，哪怕只是輕輕飄灑的幾朵，但也畢竟是雪花！如果沒有雪花，那麼時序豈不顛倒，冬天還叫什麼冬天？

你看，小雪花在輕輕灑落，我親愛的老爹扛上一把鍬，踏雪到野地去看麥苗，我美麗的小姑還有我的姐妹拿來心愛的小瓶子，在梅樹丫上捋起一捧雪，連同那沁香無比的梅花瓣兒一齊小心地壓板了，然後珍藏起來，好在夏天到來、蚊子多的時候搽痱子。輕輕飄灑的小雪花裏，她們的笑聲比銀鈴還要清亮。

……

此時，江南無雪，塞北也無雪，此時的江南塞北都沒有我故鄉這一片江山如畫、弱柳含煙的美麗。

當然，今天的東海無雪，隴西也無雪，此時的東海隴西都沒有我故鄉這一片銀裝素裹、冰清玉潔的清新。

那時，你聽見了嗎，「今天，江淮之間有小雪。」天氣預報的時候，你也許還沒有注意過這一句話呢，這就是那個美麗的播音員告訴我的一條美麗的消息，這對於別人也許只是一句話，而對於我來說，它是一句詩！

短暫的回歸

晚上，停電了。

電視機不響，電燈也不亮了，遠處的層樓和近處的村舍都靜靜地沉默在一片黑漆漆的暗影裏。片時，又有幾家的窗口亮起了搖曳的燭光，遠遠近近，參參差差，有一點很悠遠又很素樸的親切。

頭上的夜天漸漸地顯出了它的寶藍色，是很深的那一種寶藍色。星星又銀又亮，閃閃欲語。以往，它們被城市的燈光逼得過於遼遠，現在，它們又變得那麼親那麼近了。

這時，孩子端一張小板凳，從電視機前坐到門前的草坪上，聽鄰家老太太講牛郎織女。瞧，銀河還在哩，那就是，這邊的是牛郎，那邊的是織女。孩子聽得極入迷，側著耳朵，認真地聆聽那銀河的潺潺流水之聲。

遠處，有如絲如縷的洞簫之聲嫋嫋飄來，隨著簫聲嫋嫋飄來的還有那夜野的花香。平時聽慣了組合音響裏的西北風，而現在乍聽這洞簫之聲，竟如仙樂一般，將人心熨貼得如雨後的流蘇。

人們三三兩兩從屋裏走出，手邊的事自然是做不成了。大家走在一起，多年未見似的。一停電，一暗，人們似乎有了一種惶惑之感，變得格外容易親近，也容易溝通多了。暗影裏，儘管大家看不清各自的面孔，但這好得很，無需做出許多表情，反倒省事得多。有電的晚上，大家各忙各的，關門閉戶，不相往來，幾時這麼親近過？可現在不同，大家走在戶外，很有點久別重逢的感覺。

宿舍邊的柳塘裏，有一朵一朵的流螢在飄，柳棵裏，有情人們的喁喁私語。星星倒映在水中，被漂洗得一塵不染，乍看去，似草地上開滿了晶瑩的月光花。好寧靜好安詳的夜色呵。平時，電視裏見過，文學書裏讀過，而現在卻是身在其境，細細品味這種美妙，心中對生活便充盈了無限的依戀和感激之情。

這電，真是停得有點意味深長。

夜氣裏，有淡淡的艾蒿味，苦香苦香的，嫋嫋的很是動人情思。這時，你會情不由己地想起土地，想起土地上辛勤耕作的鄉親，想起下鄉的歲月和汗水的苦澀，想起那很遙遠又很濃郁的鄉情。當然，也會想起彎彎草埂之下負重的黃牛，以及被層層黑土掩蓋住的美麗的紫雲英……

依著塘埂坐下來吧，坐下來聽一聽星光流瀉的聲音。平常，哪裡有此閑情來學古人的雅趣，而此時你盡可以拿出童心，在此夜不妨變作一隻蟋蟀，盡情撥動你心愛的瑤琴。也不妨變作一隻流螢，提著你小小的燈盞，去拜訪守候在荷上的青蛙公主，去清點夜草之上那些晶瑩明麗的珍珠。

有人走過來了；原來是幾個手拿蒲扇的女孩，她們咯咯笑著，輕輕撲捉著流螢。星光淺淡，夜氣微涼，夏夜好美噢。

小南風吹過來，樹梢在微風中輕柔地拂動，輕柔拂動的樹梢淡掃著美麗的星空，美麗的星空有如碩大無朋的藍荷葉，碩大的藍荷葉上不斷閃動著星星的露珠。於是，便有淡淡的若有若無的薄荷香輕輕慢慢地凌空嫋來，嫋來感動你的肺腑，讓你情不自制，讓你浮想聯翩……這薄荷香輕輕浮動的夜晚呵……

電，自然還會來的，人們還會回到一片明亮中去。那麼，剛才經歷的一切，都會恍然如夢，從而成為心中一種最親切的懷念。

最愚蠢和最聰明的

節日前夕，我帶幾個同學到一家唱片行裏去買幾張歌碟，正在打瞌睡的老闆聽到有人來了，抬起頭來，盯著我們看了一會，然後將我們拿在手上準備挑選的幾張碟子拿了過去。我們說：「還沒選好呢，別急結帳。」老闆面無表情地說：「不是結帳，你一下子來了這麼多人，我要將自己的碟子拿過來作個記號，別搞串了。」說著，他用一支紅圓珠筆在每張待選的歌碟上畫了一些誰也看不懂的記號。

我們一下子掃了興，本來我們是打算要買幾個碟子的，可是老闆的做法使我們再也不想買了，於是我們又換了另一家。

這一家的生意很好，老闆是個女的，笑意盈盈地將一些老歌和一些新進的歌碟一一介紹給我們，並且放給我們聽，我們人多，一下子就買了十多張。臨走時，女老闆拿出一支紅色圓珠筆來，說：「我來給你們買的碟子作個記號吧，如果質量不過關，你們就拿過來，憑著這個記號我給你們調換。」

這句很平常的話，使我平時不大容易感動的心裏充滿了感動。她將做好記號的碟子交還給我們，說：「歡迎你們下次再來。」

走在路上，我問同學們：「下次，你們還會來嗎？」

大家想也沒想就回答說：「肯定。」

我想，大概是每個店都有類似的規矩，害怕顧客帶走店裏的東西，所以要在自己的商品上做個特殊的記號，這個記號無論是做在前還是做在後，實質上的道理都是一樣的，就是在後做記號，也是有心將顧客所購商品再次檢索一遍。

可是，不同之處就在這一前一後，在顧客的心裏，前者是將顧客當作賊，而後者是將顧客當上帝。

這是我迄今見到的兩個老闆：最愚蠢的和最聰明的。

妻子晾衣

我在屋裏伏案寫作，妻子在窗前的篙杆上晾衣。思維一滯，我便擡頭看看窗外，妻子晾衣時，雙腳一踮，胸前的馬夾向上一搓動，於是便能看到她腰際那一塊白皙的皮膚，質地潔潔的如一支玉簪，肚臍兒正如玉簪上的一朵雛菊。那時候，我微微一怔，造物主真是偏心眼兒，專門為女人們著想，就是晾衣時，也為她們精心設計了一幅如此美妙動人的圖案。

我點燃一支煙，那悠閒的勁頭是上帝為我們男人設計的。

頑皮的女兒不知打哪兒鑽出，用她那小小的花苞一樣的手指頭，在她母親裸露的皮膚上輕輕一摁，她母親的肚皮上便出現了一塊小小的胭脂紅，妻子一激靈，就有一件衣服從篙杆上落了下來，她伸手要打女兒，可女兒早就咯咯地笑著跑遠了。

一轉身，妻子看見了窗內抽煙的我，便很本能地用手牽衣，臉上出現了一層羞色，淡淡的豔若桃花。那時，我正在窗內對著她微笑。

妻子一低頭，就從屋裏端來一張小小的竹凳子，然後站在那上面晾衣。

踮腳倒是不用踮腳了，可是卻失去了剛才踮腳晾衣的那一種韻味。

我忍不住走出屋去，跟妻子說：「你不用站在凳子上，踮腳晾衣，那應該是一種文化，一種古老而傳統的文化，你往凳子上這麼一站，就把這種文化給踐踏了。」

妻子以為我在打趣她，對我刮了一下醜，說：「什麼屁文化，不羞。」

其實，我說的是真話。妻子掂腳晾衣時，似乎總在不斷地搆著一個向上的目標，不僅真實自然，而且富含哲理。自古以來，正是由於這種不斷追求向上的勞動，男性的體魄才如此健壯，女子的形體才如此嬌好。而往凳子上一站，我們就開始俯視生活，生活也就變得簡單而無味了。

我把自己的感想說給妻子聽，妻子含笑，點頭稱是。

可是過不多久，為了趕潮流，我們的洗衣機一下又換成了全自動的，這邊洗衣，那邊就乾了，根本用不著晾曬。看著這種現代化的神奇怪物，我心中就有一種說不出來的失落感。

「長安一片月，萬戶搗衣聲」的景象早已失卻，可現在，居然連妻子踮腳晾衣這麼一個很生活的細節也徹底給抹去了。我擔心，擔心生活中會越來越失卻那些本不該失卻的追求與美麗。

因此，我常思念著過去那些清筠滴露的清晨。

姓名談趣

當教師接觸最多就是學生的名字。時間一長，就會發現，有些姓名不僅有趣，而且這裏頭還真的有不少文章值得一做。

教過幾個姓高的學生，一個名曰高中生，一個乾脆就叫高才生，更有一個叫作高貴，還有一個喚作高參。當然如果叫高山或高峰什麼的自然就不算稀奇，妙的是這些名字不僅有意思，而且是自然天成，平常裏蘊含著奇崛，無意中透露著新巧。

還有一家三姐弟的名字也有些學問，大姐叫汪繁，二姐叫汪星，而弟弟卻叫汪月，一問才知，家裏的父母對唯一的小兒子多少要看重一些，那名字的意思就取「繁星捧月」。除開其它的不說，三姐弟的名字合起來，也真的十分富有詩情畫意。

有個姓毛的女孩，她交作業來，我說你總得寫個名字吧。她一笑說，老師，我的名字不是已經寫了嗎。我一看，本子上寫著「毛巾」兩個字，我大駭，一個女孩怎麼好叫「毛巾」呢，這也太隨便了吧。徵得她的同意，我給她改叫「毛靜」，她的父母也很高興。當然我不隨便給人改名字，只是有時看不過眼，我才這麼做。而且只此一例。

但學生自己改名字的事倒是常見。有個名叫劉剛的學生到了高三還要求改名字，而這時改名字是很費事的，問他改名字的原因，才知原來他是屬羊的，而他那名字裏的「劉剛」兩字都是帶著「利刀」的，這樣的姓名對他來說就很不利，哪有羊不怕刀子的，那是非改不可的。還有一個女孩名叫安小淳，也要求改名，原因是她屬雞，名字裏帶水，那自然就是落湯雞了。不管玄學科學，這樣一說，要求改名的理由似乎就很充足。而這時你也會發現，不管這名字改得合不合理，原來都還是有點傳統學問可講究的。

我帶補習班的時候有個學生名叫楊萬年，考了好幾年一直沒有考上，後來，他不知接受了什麼高人的指點，說萬年萬年，一萬年也是考不上的，於是機靈的他就乾脆改名叫楊天龍，如龍在天嘛。那一年他真的一考就中，這當然是巧合，最主要的是他生性聰靈，學習勤奮。但在人們的意識裏，誰不信以為真。

這樣說來，姓名似乎和命運都很相關，這當然有點玄乎，但是在古時候，這種姓名和命運相關的事卻是時有所聞。

據資料載：明朝洪武年間有個孫日恭，考中狀元，因為舊時字是直排，孫日恭看上去就像孫暴，朱洪武見了很不順眼，因為朱洪武實行的不是仁政，因此對這個暴字特別反感，就將這個名字一筆勾去，孫日恭因而落榜。又傳光緒年間，福建考生王國鈞考中一甲一名，也就是狀元，但是慈禧卻不喜歡這個「亡國之君」，而將一個名叫「宋春霖」的點了狀元，因為那年適逢大旱，是非常需要雨水的，這個「宋春霖」就是「送春雨」的，春雨自然是不會送來，但是不同的名字卻給兩人帶來了不同命運的事實卻是不爭。還有我們安徽天長的考生戴蘭芬，他考中的是第九名，但由於這個「天長」縣和「第九」名合起來就是「天長地久」的諧音，而老佛爺的小名又恰好名叫玉蘭的，於是她就特意將這第九名的考生「戴蘭芬」點了元，取「天長地久，代代（戴戴）蘭芬」之意，你不得不承認這名字的吉祥美好。雖然這種現象是少數，又發生在特定的時代，但卻說明，取個有些意思的吉祥名字總比那些隨意取來的名字要好一些。

看看我的周圍，名字似乎也很有趣，有個同事姓鄭，名叫鄭一品，想想這名字真好，而他的夫人可就更好了，走到哪裡，人們都叫她「一品夫人」。更有一些蘭心蕙性的女子，給孩子取名就更是講究，男孩叫「英雄」，女孩叫「漂亮」，雖然有點俗，但無論出席宴會，還是其它什麼重要場合，人們介紹起來，都說，這是「英雄」母親，這是「漂亮」媽媽。聽了叫人不得意都不行。

看到一個小笑話，說的是有個孩子姓祖，取名祖國，好倒是挺好，可是一到國慶，麻煩就多，女生在牆報上也不敢大膽抒情，因為只要一說「祖國祖國我愛你」，大家就會大笑不止。

還有一個笑話呢，說的是有個女孩名叫「夏琪」。正好這時從外地轉來了一個男生，老師問他愛好什麼，他張口就答，我愛「下棋」，老師大驚：「什麼，你才來，怎麼就愛起了『夏琪』？看來你還是到其他班比較合適。」

你看，這都是名字惹出來的事。

我喜歡掂量人的名字，好從中汲取智慧。有個刊物編輯的芳名叫鄧亦敏，想想真是好，其家一定是個書香門第，「鄧」與「鈍」諧音，所以叫「亦敏」，真是天成。著名黃梅戲演員「韓再芬」，取「寒後而芬」之意，也真是恰到好處。而〇八年奧運三塊金牌獲得者鄒凱，你想想那是不是就是「奏凱」，高奏凱歌，就是你不想得金牌也是不行的了。

這樣看來，父母給子女起個好名字，自在情理之中。

平常時刻

那些時刻，你說不出有多麼平常。

吃過晚飯，走進樓上中文系的教室，教室的燈還沒有亮，西天的晚霞也還沒有淡下去。從暮色迷濛的西窗向外看去，窗口嵌著一幅絕美的風景畫：西山腳下的江水粼粼地流淌著晚霞，江面偶爾駛過一片火紅的漁帆，靠近西山的天空紅得濃烈，像胭脂，向上來，天空就慢慢地由紅變成青黛了。那紅與青黛的層次轉換得極柔和，像高明的水彩畫家畫出來的一樣，既透明，又豐富。從近處參差的樹隙中可以窺見街市層樓的剪影和遠燈星星般閃爍的輝光，迷迷離離的和西天的晚霞融為一道，讓你一下子分辨不出天上與人間的界限了。那時刻，是傍晚時分一個萬分美妙的夢境，似乎在某晚的夢中經歷過，而現在，坐在教室裏，這麼真實地感受著它，會令你驚奇感動得說不出話來。

更令你感動的是，教室的暗影裏，還靜靜地坐著另一位同學，他陪著你這麼靜靜地感受著眼前的一切，一句話也不說。晚霞從窗口輝映過來，將他勾勒出一個明暗分明的輪廓線。此時，不用語言，你和他的心靈便有了某種默契與交流，這是語言的最高境界。從此，你們會成為很好的朋友。

這是人生當中一個極其平常的時刻，但，不要因為它的平常就放棄了對它的體味。人生就是由好多好多個這樣平常的時刻組成，如果經常地將這些平常的時刻加以積累，然後慢慢地去品讀，你就會發現，人生真是一本美麗的大書。

那天，在圖書館裏讀書，聽到一陣沉悶的雷響，那雷聲就像誰在拖桌子似的。擡頭看，西天上還有一片昏黃的光暈，而眼前卻滴滴答答地下起雨來，那雨越下越起勁，沒完沒了。剎那間，綠樹開始滴水，那滿林子的翠色讓水霧迷漫起來，看上去就有些氤氤氳氳的了。坐在我對面的，是一個高顴骨的姑娘，眼睛大而亮，閃著生動的波光。她扭頭看窗外的雨時，一頭的秀髮將她的顴骨遮擋了一些，面部的線條變得柔和又美麗。她看了一會雨，然後扭頭向我：「你家住在圩區？」

「不，山區！」我說。

她說：「山好！」

我說：「不，水好！」

她搖頭：「不對，水不好，今年水大，再下，我們家就要淹了，還有那沿淮一帶……」

那時，她的眼裏多的是怯懦和憂鬱，我的心情也隨她而變得憂鬱起來。那時刻，我巴望著那老天爺一下子能夠晴好起來，那樣，我們便可以轉換一個話題，說一些美麗的事情。

但那雨畢竟沒有停。因雨，她希望自己能夠得到別人的關切，也希望能夠關切別人，於是，我和地理系這個陌生的姑娘有了這麼幾句簡短的對話。可貴的是她作為一個學子的那一片憂國憂家之心，使這個平凡的時刻具備了某種感人的力量而讓我終生難忘……

晚自習回來，踩過長著青青嫩草的大操場，那草好綿軟好綿軟呵，坐在那上面，擡頭看一回星空，讀一回新月，然後再想一回往事，你的心會變得寧靜萬分。這時候，你不需要人來打擾你，就你一人這麼靜靜地想，靜靜地感受，靜靜地吸吮那青草的微香，你就會發現自己是一個萬分高潔的人，人間一切的紛爭與煩惱，統統都化作夜氣悄然飄散。也許，你從來都沒有這麼寧靜過，只有今晚，你發現自己居然有如此美好的情趣。這時候，會有許多美麗的往事一齊浮現在你的腦際，連同那美麗的細節。晚上，你讀了一本很好的書，和自己的思想情感產生了共鳴，現在，也許為主角，也許為自己，你悄然而流淚。

然後，穿過微涼的風，回得寢室來，你收到一封蔚藍的信柬，那裏面，寫著許多令你感動的話語。你捧讀它，一天學習的倦怠為之一消。床頭上，新到了一本裝幀精美的雜誌，那裏面，登了你的一首小詩，短短的，只有幾句，可是你很滿足，能夠讓那麼多熟悉的和不熟悉的朋友理解你的心聲，這無疑是一種快樂與幸福。

熄燈以後，時有晚歸的同學走進宿舍，他們的腳步很快很輕，生怕驚醒了別人的好夢。一支火柴輕輕地燃著了，有一雙手來為你蓋被，而其實，這時你並未睡著，為著學友這一顆體貼之心，這一股友愛之意，你很想在今夜悄然走進他的夢中，滿含深情地跟他說一聲：「感謝你！」

這是一個很平常很平常的春夜，生活，就是由這些平常的白天、傍晚和深夜組成，而你置身於其中，也是這麼平平常常地過著。可有那一天，一旦你駐足於生活，咀嚼一下，體味一下，你就會發現，生活中有那麼多那麼多平凡而珍貴的東西。

紅玫瑰紫玫瑰

我到那個小小的儲蓄營業所的時候，兩個女營業員正在接待一位年輕的儲戶。我發現她們不像其他大銀行的營業員那麼總是繃著臉，一副拒人於千里之外的樣子，而是說笑自如，和顧客就像親戚朋友似的十分融洽。我當時就被這種營業作風深深感動了。

於是我就說：「我也來兩張獎券。」正好那個年輕的儲戶已辦好手續，兩個女孩便笑嘻嘻地開始接待我。其中靠近窗口的女孩拿著一疊儲票伸出窗口來，微笑著說：「請您自己挑選幾張認為可以中獎的號碼。」我說：「請您代我挑選幾張好了。」女孩笑起來，說：「這當然可以，只是，我們的手氣才不好呢。你不知道，去年我們這裏有一個號碼由於沒賣掉，我們給退到總行去，結果這個號碼竟中了頭獎，一幢房子呢。如果我們手氣好的話，就會買下來，即使自己不買，也不會退走，讓儲戶中了，也是我們營業所的光彩呵。」

她說得真誠又好笑，並且很自然。眉宇間多少還流露著一股懊悔的神情。讓人感覺又可親又可愛。見她這麼說，我就打算自己動手抽幾張。這時另一位營業員走過來，很有趣地說：「我來替你抽，說不定今年我們的手氣變好了哩。」於是她用那天使一樣聖潔的手，虔誠而小心地為我挑選了幾張。兩個女孩始終微笑著，熱情而可人。辦好手續，我欲離去的時候，那個靠近窗口的女孩說：「祝您好運呵！」另一位說：「若中了獎，可別忘了請我吃喜糖。」說畢，她從桌上的塑膠盒裏拿出一張精美的賀卡，說：「你是第一次到我們營業所來，我們按照慣例，送您一束玫瑰花。」

我雙手接過賀卡，見上面是用彩筆繪製的紅玫瑰和紫玫瑰，數數，一共有八朵，用鵝黃色綢帶攔腰一束，精巧得很，別致得很，既讓我意外，又讓我驚喜異常。

女孩說：「畫得不好，請您接受我們一片真摯而美好的祝願。」

我知道小城裏沒有花店，兩個女孩這麼做，的確是別出心裁，起碼，它是我平生以來第一次接受的獻花。因此，我很動情。

其實呢，買幾張獎券，它中獎的希望畢竟很小很渺茫，說穿了，只不過是給生活中留個懸念和等待罷了。而這兩位女孩子的真誠和微笑，還有她們贈我的吉祥話語和一束無價的玫瑰，對於我，已經是一種很好的獎勵了。這樣說來，獎券本身中獎與否就變得非常非常的不重要了。

我想，這人間世界才是一個真正的大銀行，每個人都應該儲存一些微笑與真誠，只有這，才是真正的無價之寶！

小城郊外的晚上

一陣柔風，一片淡月，小城郊外的晚上，美麗得令人憂傷。

玉環的頭髮有點亂，任晚風輕輕梳理，髮上有一股清新的髮乳香，淡淡地飄散在林子裏，林子在月色裏輕搖著閃閃發光的樹葉。

玉環約小海出來，是告訴小海，她要去一個很遠的地方。這個地方小海知道，玉環父親有個朋友在那裏做經理，要她去的。她不止一次對小海這麼說，小海都沒有放在心上，而今晚，她意外地這麼鄭重其事，並告訴小海確切的行期，小海知道，這片林子的枝頭，從此再也不會有那隻歌唱春天的麗鳥。

從此，月還會這麼亮嗎？風還會這麼輕嗎？這片小樹林還會在春風中發芽嗎？

小海黯然神傷，淚水就像樹葉上的朝露，碰碰，就會掉下來。

玉環受不了，安慰小海說：「雲走了，月還在，人走了，心還在，我給你寫信，給你掛長途。」

小海默默，說不出一句話。

玉環又說：「我每年回來一次，給你帶好東西，你還在這片小樹林裏等我。」

小海望一眼玉環，仍是默默。

玉環變得手足無措，捧著臉坐到一小片楊樹的月陰裏，無可奈何地：「你好女性噢！」

小海不能再沉默了，說：「你跑那麼遠，為了證明自己能幹，能掙錢，錢固然是好東西，但它並不比情份重要，為了錢，我們情分兩地，天各一方，這就不值得！詩人說『寧願用十年的壽命，換得一天的團聚』，你懂不懂呵？」

玉環不說懂，也不說不懂，只是從腰裏掏出一方小小的硬紙片，將它撕碎，輕輕地拋向晚風，那紙片潔白地飛翔著，像月光下一群白色的鳳蝶。

小海想，車票撕了，玉環不會走了。

然而，半個月後，玉環還是像一隻候鳥，輕輕地從小海身邊飛去，飛去尋找春風駘蕩的棲息地。

從此，林中的月凋落，花不再開。

可小海意料不到的是，半年之後，玉環悄悄地回來了，像一隻飛倦了的黃鸝。

小城郊外的晚上，玉環輕輕吐訴：「我好累呵！」

小海無言以對，心裏卻想：不累，你玉環絕不會回來。

玉環似乎看透了小海的心思，艾艾而語：「我是為你而累，我不辭而別，我的心比鉛還要沉重，懸墜著老是放不下來。」

小海輕輕地對她搖頭。

玉環傷心：「人有多怪，沒錢時希望有錢，有錢時，又會想起這片美麗的小樹林，在靜夜裏，在美夢中……可別人並不理解我。」

小海開始理解她：「你別走了，我願做你寧靜的港灣……我們永遠在一起。」

玉環抬頭看小海：「那樣固然無風無浪，長相廝守，可人的價值又在哪兒？生活過於安靜，我們都會膩味……我們一同走吧。」

可小海有年邁的父母，還有一群雛鳥一樣的兄弟姐妹，小海的命運該當是一棵樹，為父母抵擋一些風雨，為兄弟姐妹留下一點蔭涼。

玉環又悄悄地走了，隨著南去的那一片雲彩。

一個既現代又傳統的女性，奔走於價值和情感之間，玉環是很累呵，小海後悔自己，應該與她攜手同行。

小海守候在小城郊外的晚上。

可玉環，是否還會回來？

肆、人生點翠

那一點翠綠，是深冬的情動，是春初的靈動，是人生的心動……

只需一點，老樹就可復甦，種子就能發芽，眼眸即復明媚……

愛樟如蘭

我真正認識樟樹，是在一個靜靜的春夜，那時我一人外出采風，住宿在皖南一個小小的山村裏，夜深時，有一種清幽的香氣忽濃忽淡，婷婷嫋嫋，一陣一陣送進窗來，其氣如靄，其馨如蘭。

在這春天的夜晚，是什麼植物如此清香宜人？是梔子花嗎？可梔子還沒到開花的時節；是白玉蘭嗎？可玉蘭花早已凋謝於細雨春風。我以為這該是芳甸子上的蘭花在這靜夜裏盛開了，可仔細一琢磨，似乎也不是。房東告訴我，那是村邊的樟樹開花了。

樟樹開花會這麼馨香嗎？我驚訝無比。

房東說，這幾棵樟樹有兩百多歲了，歷經滄桑，曾受過歲月的風霜，雷電的蹂躪，但還是活過來了，而且越發茂盛。現在樹逢盛世，花也開得格外喜人。

我是知道樟樹的，但似乎並沒有留心過樟樹開花，於是我披衣出門，踏月尋芳。小小村圍，那一株一株古樸儒雅的樟樹如一個個氣度不凡的老人，令我仰視。它樹幹有點崢嶸，但卻氣質如蘭，在淡月下輕舒葉掌，那小小花朵躲藏在濃密高大的枝葉裏面，使我看不清它的顏色和它的模樣，可它散發在夜氣裏的芬芳，卻令我沉醉，在這春風沉醉的晚上，我仰面悄立在這幾棵樟樹下面，我和樟樹一如初識的朋友，默默相對無言。

直到第二天早上起來，我才第一次看清了樟樹的花朵，那是一些毫不起眼的淡綠色小花，根本說不上美麗，但它們小心地攢在一起，成為枝頭一簇，然後這一簇一簇結成巨大的花冠，空氣裏便滿是他們純正的芳香了。

我一向以為，純正的芳香只是蘭的本性，一如嬌小玲瓏的女子，以柔美芬芳取勝，誰又能想到，樟樹，一個高大俊偉的美男子，居然也是如此馨香，這馨香的花朵是你的思想嗎？抑或是你特有的美質？

世人的偏見，總是將目光盯住柔美，將讚美贈送於娥眉，對於深谷幽蘭自是有一種出自天性的憐愛，而對於偉丈夫樟樹，似乎並沒有給予更多的關注和禮讚，這多少有點不夠公平呵，而樟樹兄弟，你卻靜靜獨秀於大山之一隅，村圍之一角，悄立無言，對此，你難道不感到委屈和惆悵嗎？

有如此闊大無私的胸懷，有如此堅韌不拔的性格，有如此沉默含蓄的個性，你就是樟樹嗎？你從滄桑中走來，你於寧靜中期待，在一個個靜夜裏，在一個個露珠晶亮的清晨，在人們大都睡熟或剛醒的時候，你用清香的語言，對世界傾訴著自己對大地的忠貞，對生活的理解。而夜色越濃，你香得越濃，春色越深，你愛得越深。你淡綠細小的花朵是香的，你柔嫩的葉子也是香的，連夜露和空氣也都被熏染得芬芳無比。

在樟樹的清芬裏，我和春天一同陶醉。

「世上清品至蘭極」，也就是說，世上的清雅之物品，到蘭花這裏已達極至，此外再無其它了。可是，我們又怎麼能夠忘記，這世上還有一種名叫「樟樹」的植物呢？它香如蘭，冠如菊，幹如松，葉如楊，齡如公孫，它花有意，葉含情，香蘊愛，質如金，誰能具有你這麼多的優點卻不事張揚，香得寧靜，綠得柔和，美得淡雅，愛得堅貞呢？

在皖南，我真正認識了一種叫做樟樹的植物，那一晚，我第一次開始思考做人。

淡淡的晨風

我在農村當回鄉知青的時候，由於寂寞，訂了幾份報刊雜誌。因家住在山中，郵路不便，郵遞員就將報刊順路送到山下的路邊人家，然後讓我自己去取。

路邊人家姓梁，一對夫妻，一個閨女，還有一片好大好大的竹林子，分跨在公路的兩邊。屋後有溪，林中有鳥，溪唱鳥歌，和暢無比。他們還利用家在路邊的方便，開了個小小的茶鋪，總有司機或路人坐在濃濃的竹蔭下喝茶解乏。其實有的人並不渴，卻也想坐下來，看一看這裏的綠水青山。

傍晚散工以後，我便下山去取報刊。偶爾，也收到一封兩封退稿信，但我卻仍然很高興，因為我知道外界還沒忘記我。有時候，報刊並沒來，也沒有信件，我便萬分失望。很溫厚很善良的老夫妻似乎懂得我的心思，跟我說：「回去好好做田吧，掙工分才是正經事。」我知道他們這是安慰我，可聽了我卻好尷尬。她們的女孩小歌不做聲，看著我，寧靜而溫煦地微笑著，然後將藏在床頭的書報拿給我，說：「挺好的，我也想看看……你走了三四里山路，為討一本書一張報，累不累，坐下喝杯茶吧。」然後，她就將茶沖得釅釅的，放到我的面前。

我不是茶客，但我知道這裏的山好水好，當然人意更好。於是我便坐下來，傍著茶桌，看小歌撒食餵雞。我發現雞群裏有兩隻潔白的白鴿，羽毛素淨如雪，和雞爭食時偶爾飛一下，落在小歌的臂上或肩上，一副小鳥依人很可人意的樣子。小歌望著我笑，說：「書生，你看，白鴿是白鴿，而雞畢竟是雞，它們不一樣。」

小歌的話讓我高興。我很願意和小歌說話，也很愛這片清幽美麗的地方。可一杯茶喝完了，我就不好意思再坐，既心滿意足又悵然若失地踏著奶色的山月姍姍而回。

這以後，又有好幾次取報刊都撲空了，但我不失望。沒有報刊信件，卻還有和小歌說話的機會。那時，我好年輕，心裏邊有著許多美麗的夢幻，青春是一支歌，我很想和小歌一同去唱。小歌對我也不生分，見我來了，便說：「走，幫我到溪裏去淘米。」或者說：「給我到院裏去劈柴！」老朋友似的。但，幫小歌做完事，我也只能一人沿著彎彎山路踽踽而歸。

我不知道美麗善良的小歌會躲在竹林後邊，靜靜地目送著我，女孩總將自己的心事藏得緊緊的，我要是知道，我的心情也不會如此落寞孤單。

有次，小歌在餵雞的時候，跟我說：「書生，帶一隻白鴿回去養吧，如果有報刊信件送來的時候，我就將我的白鴿放飛到你那裏去，你就下山來取，省得你一次次來來回回跑許多的冤枉路……」

我覺得這很有意思，還有點浪漫情調，便將一隻羽毛素潔的白雌鴿帶回山來，放養在籠子裏。每天，我都焦急地仰望藍空，希望另一隻白鴿劃著白色的弧線向我飛來，可我儘管望穿秋水，哪裡還有白鴿的影子。

約莫過了二十天左右的一個早上，我尚未起床，就聽到簷下的白鴿發出一陣咕咕的叫聲，我有一種非常美麗的預感，馬上爬起來，穿好衣服，推開柴門，只見藍天上有一枝正在盛開的潔白的玫瑰，不是，那是一隻潔白的鴿影正向我的山谷款款飛來。它的翅膀在一片金色的霞輝中輕輕扇動著淡淡的晨風，那淡淡的晨風帶著早上的清馨，盈盈漾漾直向我的心胸撲來……我一口氣跑到山下的時候，小歌早已在門邊等我，她將一個什麼東西藏在身後，神秘地說：「書生，你猜是什麼？」

我迫不及待：「報紙！」小歌搖頭，我又猜是信，小歌仍搖頭，我不想再猜了，一把將小歌手裏的東西搶過來，一看，是新到的《文藝作品》：「喲，不就是一本書嗎？」

小歌笑：「不僅是一本書，我還想讓你幫我鋤一鋤韭菜地裏的青草。」

我恍然大悟，是的，我和小歌已有好多日子沒在一起說話兒了，於是，我們倆都快樂無比。

這樣，那奮飛而來的白鴿不僅僅是我報刊信件的使者了，它潔白的身影使我枯燥單調的生活有了懸念和等待，使我的灰色青春有了綠意和生機。我感激竹林，感激竹蔭下面的路邊人家，更感激路邊人家清純如水的女兒小歌。

人會忘恩嗎？我不記得我那一段落寞的時光是怎麼過去的，也許是因為有了學業，也許是因為有了工作，總之，距離遠了，小歌的白鴿再也飛不到我的窗前。

可是，總有那麼一些清晨，我於明媚的曙色和淡淡的晨風中，側耳聆聽著一種振動著曙光的潔白的聲音……

拈花微笑的女孩

當我將一支含苞的雛菊遞給女孩的時候，女孩神情可愛地用三隻手指，具體地說，是用大拇指、二拇指和中指輕輕地將花接住，然後，她向著手中的雛菊輕輕地舒開了笑臉。那雛菊像很通靈性的老朋友似的，居然在女孩的手中緩緩地盛開，盛開，盛開，盛開成「十丈珠簾」。那盛開的過程像電影的慢鏡頭，神奇得讓人不敢相信自己的眼睛。但，這是千真萬確的事實。

兩分鐘前我還懷疑，現在我真的相信了，相信這女孩真的有特異功能。

其實，最初女孩自己也不知道自己具備這種能力，那天，她中考落榜，受不了家長的責備和鄉鄰的白眼，便從家中走出來，無目的地行走在田野上。那時，她看到長滿翠草的田埂上有一朵無名的小花兒，被誰掐了遺棄在路旁，小小的花苞才露出星點鵝黃，大概鄉間就叫它星星草吧，女孩抹去眼淚，同病相憐地對它微笑了一下，意料不到的是，那星星草竟然在女孩的微笑時激動了一下，然後就緩緩盛開，盛開成一朵嫩嫩的鵝黃，有六瓣頭，微紅的蕊，淡白的邊，好看極了。

女孩很奇怪，又嘗試了幾次，所有花苞都莫名其妙一如既往地盛開。

女孩驚喜不已。

這回女孩真的微笑了，並高興地表演給小朋友們看。

小朋友們看了並作了傳媒，於是我才給她一朵潔白的雛菊。老李聽了我的逑說，自然是不相信。他親自從自家的花盆裏剪下一支荷花紅月季，要試試女孩。那紅月季正在孕蕾，蕾端僅僅露出個紅色的十字，老李不放心，將月季遞給女孩，又用雙手將女孩拿花的那只手臂給緊緊握住，生怕女孩做假似的。可是，那紅月季仍然隨著女孩純真的微笑盛開，盛開，盛開出荷花一樣的粉瓣，迎風美麗地舒展。

老李呆住了。

女孩真的有特異功能。

消息自然是不脛而走。

河南有個魔術團過來招人，見到女孩如此靈麗，高興萬分，給女孩父母十萬，父母自然是喜不自禁。可女孩說：「我哪兒也不去，只要念書。」

父母不要女孩念書，他們要十萬塊錢。

女孩哭，傷心至極，淚落如雨。這時候，有人忽然想到，此時遞到她手裏的花苞還會不會開放呢？我和老李很想做個試驗，可女孩拒絕我們的花苞。

後來，女孩哭著哭著就不哭了，高高興興地去了魔術團。

拈花微笑原為佛家禪語，比喻對禪理的徹悟。那麼我想，身懷絕技的女孩後來不哭了，是不是她悟出了生活中的什麼道理呢？

這，我當然無法知道，但有一點我卻是悟得的，那就是，只有微笑著生活，花才會開，世界才會美好。

美麗人生

窗前搖曳著月影，月影裏靜立著含苞的玫瑰樹，此時，我完全可以靜靜地看一點什麼，寫一點什麼，可我卻寧願什麼也不看，什麼也不寫，就這麼靜靜地坐著，讓自己的心浸泡在四月的清淩裏，然後就讓自己牽一條老牛，沿著開滿茶花的山坡，慢慢地從童年那邊踱過來，下一回山溪，打一回山歌，在嫩嫩的青草坡上滾一滾；或者提著小籃子，荷葉邊梅花底的那種小籃子，和那些打著赤腳，圍著紅兜肚的男伴女伴，到山原上去挑一回婆婆丁；要麼就帶上那一隻老黃狗，跟著笨手笨腳的老外公，到剛剛返青的樹林裏去追一回三瓣嘴的兔子……

其實，人生的美麗在於人的感受。人的一生當中，總有幾個小景、幾件小事是美麗的，它曾經感動過你，美麗過你，那麼，這些美麗的小景小事就有可能永遠照耀著你，使你的一生變得充實而富有。

就像眼前這片夜色，它極平常卻又極難得，難得的是它與我美好的心情如此吻合，我靜靜地坐在這一片寧謐裏，讓思緒和四月的花香一起流動，我的一顆心被飄逝的往事和四月的清淩悄悄濡濕，多少年後，我回憶今晚，我會因此而感動。

並不是生活中沒有辛酸和屈辱，只是我常常透過記憶中那些晶晶的淚珠，以男子漢的目光去領略那些閃閃爍爍的折射，等淚珠在時間和鹹腥苦澀中變成琥珀之後，它就變得美麗從而有了收藏的價值。

記得很多年前上過一回冶父山，那是鵝黃乍染的初春，說是去踏青，不敢說去春遊，但仍不被家長和老師允許。只得偷偷相約，揣了幾個饃饃，便去爬山。那時，青春似出牆紅杏，那春情，那騷動，總是關抑不住，但特殊時代有諸多約束，回來怕遭罵，怕受批評，這樣玩得就很壓抑。於是沿著山陰道、鬱鬱地下山。轉過山隅，這時，林中傳來一陣柔曼的歌聲，動情得很，細聽，原來是羅馬尼亞一部英雄片子裏的插曲，本來是英雄頌歌，卻被渲染得滿含春情。唱歌的是一群女同學，無疑，她們也是偷偷上山的。春風吹著，豔陽照著，實在是一個令人情不自禁的季節。我們走過去，發現她們坐在林邊的石階上，一邊唱著，一邊矚望著山下的田園，有的斜臥著，有的歪躺著，有的嘴裏銜著一片初春的草葉……完全沉浸在無限美好的青春嚮往裏。春陽透過林隙，在她們身邊的青草地上灑下斑斑點點的光圈，有幾朵杜鵑正在她們身旁悄悄地燒紅……

多少年過去了，可那一時刻的感動卻永遠留在我的心中，那一時刻我確確實實地看到了美麗的青春中許多具體而實在的東西。在這麼一次很受壓抑的踏春中，就是因為這麼一個美好的回憶，至今還在照耀著我。

我還記得，恢復高考的那一年，因政審我名落孫山，那是一個四月的傍晚，我從縣城看榜回來，沿著山蔭小路踽踽獨行。我渾身精疲力竭，自感走到了人生的盡頭。那時，我本已處在人生的極端尷尬之際，想借高考來擺脫這種處境，誰想到結局竟會是這樣。我累，我獨坐在路邊的一塊山石之上，心力交瘁之間聞到了一股誘人的花香，低頭尋找，原來是一株初開的蘭花草。奇怪的是，這株蘭花草正被我坐下的巨石給壓著，而它居然蜿蜒曲折，頑強地將它那粗壯芽箭伸展到重壓之外，將自己清雅而美麗的微笑展現給眼前的世界。對著眼前這個小小的精靈，我無言以對卻極其震撼……帶著它給我的感悟，我走向山坡，看見插隊小組的幾個朋友正在山埡口的晚霞裏向我遠遠地招手，高考的結局他們早已知道，招手的目的，似乎只是為了讓我有更多的力量走上他們的山坡，那時候，我的眼淚止不住一下子奪眶而出。

現在想起來，世上真正輕鬆的美麗是不多的，而我所說的這種壓抑之美掙扎之美才真正撼人心魄，使人震顫，只要你體會過，你就會覺得，這種美麗是世上一切美的最高境界。

假如生活之中，你想得到什麼，就有了什麼，那麼生活就會失去追求，就會失去追求過程中那種閃爍不定的美的光環，同時，生活就會因之而黯然失色。

今晚，難得這麼寧靜而美好，我只是萬分珍惜地歷數著記憶中那些美麗而璀璨的珍珠，而不知窗外已是月在中天……

家山上的積雪

玉玲最初到志寬家來的時候，正是冬末春初，她走過彎彎長長的山中小路，用少女的光輝，照亮了志寬溫馨的小屋。

她給志寬帶來一本書，一小塊糖，還帶來許許多多的趣話和趣事。玉玲笑著說，志寬聽著笑。他們正年輕，像山邊萌春的青草，純真的天性，使他們在一起相處得很快樂很清新。

窗外，融雪變成春水，隨小溪一同清淩淩地流下來，那溪水很有分寸地喧嘩著，明亮得令人心疼。

春初的綿綿小雨輕輕灑下來的時候，志寬就送玉玲回去。他們不打傘，任小雨無拘無束地灑在他們的身上和頭上。在長長的山間小路上，玉玲的青春秀髮上結滿晶瑩的水滴，美麗得就像名貴的珍珠。

從此，這條山路對於志寬，就顯得格外富有而親切。他和玉玲在一起說過許許多多的傻話，都變做霧靄松風，輕輕繚繞著他不肯消散，山邊每一支早醒的花骨朵，似乎都是玉玲的化身，向志寬頑皮地微笑，又向他溫存親切地耳語。

這些美麗的時光都會成為最有價值的珍藏，為玉玲和志寬所共有。

那一次，他們走在山坡上，看到對山的頂端有一片皚皚的積雪，在陽光下閃著晶瑩的光芒，玉玲欣喜地拉著志寬的手，一個勁地向著對山攀爬，累出一身大汗，這才爬上山頂。好鮮嫩的一片白雪呵，志寬剛要把腳放上去，卻被玉玲阻止了。的確，這麼一片至潔至純的雪地，怎麼忍心用腳去蹈踐它呢。

玉玲的這句話不知是不是啟示了什麼，使他們這兩個書生都把自己的這種友情，看得至高至上，至潔至純，他們誰都不願先把自己的一隻腳，踏到這塊聖潔的雪地上去。

後來玉玲要結婚了，志寬也上了大學。分離的時候，玉玲神情鬱鬱地跟志寬說：「我要結婚了。」志寬電擊了一般，很是怔了一怔，半響才說：「能不能改變？……」玉玲感傷地歎了一口氣：「這輩子是沒法子了，……你，為什麼老不開口？」志寬說：「我想到畢業以後……」

於是兩人都流淚，都傷心，可誰都不忍心更多地責備對方。那是一個晚上，村口的杏花開得正烈，月牙兒神秘地照亮了這方天地，志寬和玉玲就這麼靜靜地站在杏樹底下黯然神傷。當杏花的最初一朵粉瓣飄落到玉玲的唇邊時，玉玲閉上眼睛，讓志寬吻了她至潔至純的一口。

志寬大學畢業以後分配到家鄉來，有時還能和玉玲在街面上相見，一相見，志寬就會想起家山上那片令人心疼的積雪。玉玲說：「該結婚了，你也不小了。」話裏充滿著歉疚、憐惜和疼愛。

志寬就說：「現在，我還不想考慮這事，想先做點事業。」

而實際上，志寬心裏還保留著那一片積雪的美好印象。他要結婚，首先得找一個像玉玲這樣的。現在，有時候他好後悔好後悔，後悔自己的書生氣，當初要是能夠勇敢地開口的話，那麼現在的生活就不會是這個樣子。

於是他的心裏就會萬分酸楚。

酸楚，有時是難言的美麗，有時是刻骨的憂傷。只有工作著，志寬的心靈才會得到充實。也許，在今後的生活中，他會遇上像玉玲那樣的女子，那樣，他也會帶她去看家山上的積雪。

可是，要是那時無雪呢？

月朦朧鳥朦朧

佳能的妻子在一家酒店當經理，每天送往迎來，忙得不亦樂乎，難得在家吃次飯。多少週末和假日，佳能獨守空幃，望眼欲穿。佳能總希望妻子那嬌小的身影像初戀時那樣，小鳥般在佳能窗前一掠而過，然後傳來輕捷的敲門聲。佳能給她開門，聽她身後汪汪的狗吠。她進門會捶打佳能的胸脯，說：「你壞，在家躲著，不給我打狗，看我的笑話。」

那時，她好柔好弱呵。佳能跟她說：「別怕，這輩子，我就是你永遠的窠巢。」她點頭，長睫毛上沾滿晶亮的淚珠。

但，初戀的時光很快就成為過去。

現在，她完全擺脫了佳能的保護，女強人一般，連說話也不再是過去的燕語鶯聲。佳能一再跟她說：「我們家不是酒店，說話別這樣斬釘截鐵好不好？」

她變得有些茫然：「你要我怎麼樣？」

佳能當然有佳能的條件：「柔柔的，美美的，像初戀時那樣……」妻子說：「你別說了，我知道了，你要我永遠做隻沒有翅膀的小鳥，永遠依附你這小小的窠巢。」

大部分時間，他們都是這麼爭論著度過。當然，甜甜蜜蜜的時候也是有的。那天，她回來得比平時早，還帶回來一個特製的大蛋糕。佳能說：「給誰的？」她說：「給你唄。你忘了，今天是你的生日，我早一些回來好和你共祝良宵。好久，我們沒能在一起好好地吃過一頓飯了，感到欠你的很多。所以你的生日，我當然不會忘記。今晚，我認認真真做一次你的小鳥，我們不吵，好嗎？」

那時，佳能的心裏漾滿了驚喜，妻子的溫存和情愛，月光一樣濃濃地照耀著佳能，佳能感到溫馨無比。當三十二支蠟燭一支支點燃的時候，屋子裏充滿了浪漫的情調。往日對妻子的不滿所帶來的惆悵，一下子煙消雲散，蕩然無存。

妻子溫情無比，今夕今宵，世上的一切好像都是佳能的，就是月色和鳴蛩，也變得格外有情意。妻子說：「今晚這快樂無比的時光會使我們成為天下最幸福的人。」他們依偎在一起，像初戀時那樣，說了許多動情的話。妻子說：「等我的事業有成，家庭一定會多出一個又白又胖的小子，一定會有一種『外國語』，幼稚得令你動心。」

生日蠟燭吹滅了，月光，流水一樣輕輕漫漫地溢進綠色的紗窗，屋裏迷迷濛濛，有一種詩意的美麗。佳能摁亮了壁燈，妻子動手為佳能切蛋糕，當她剛剛舉起刀叉的時候，電話鈴聲響起，佳能接過來，跟妻子說：「是找你的……」妻子接過電話，聽畢，臉上出現一股很為難的神情，跟佳能說：「親愛的，酒店要辦一桌貴賓席，是皖江絲綢廠和港商合資的事，主管縣長說，非得我去不可。」

佳能說：「有事你當然要去，事業總比家庭重要。」佳能表現出十二分的豁達與寬容。

妻子赫然一笑，拿了件衣服，臨出門時，滿懷內疚地向佳能說：「親愛的，感激你的真誠與理解。」

妻子一走，屋子一下空曠了許多，窗外的月色也變得黯然失色。遠處傳來的一兩聲洞簫，更增添了佳能的愁悵與憂煩。

平時，別人都很羨慕佳能，認為佳能有個當經理的妻子，出門辦事也顯得灑脫些，找個人托個事什麼的也容易比別人辦得好。而其實，他們哪裡知道佳能的苦衷。有時，佳能真希望妻子什麼也不是，這當然並不是非要兩人常相廝守，共浴天倫，但起碼也能過一天像樣的日子，比如這生日，比如這月夜良宵……

佳能就這麼胡思亂想地呆坐著，也不知時間過了多久，當電話鈴聲又一次鈴丁一響時，佳能才機械地抓起聽筒，以為是妻子打來的，一聽卻不是，而是一個非常悅耳的女中音：「王先生，你好，請你馬上到文化宮來，有人在文化宮門前等你。」

孤寂擋不住誘惑。佳能想，誰在等我，莫不是文化宮的文學編輯，約我談稿子。既然在家待著無聊，何不出去逍遙逍遙。

佳能去了，只見文化宮前人來人往，藝苑舞廳的燈光迷迷離離，閃爍不定，並不見什麼專門等他的人。正躊躇，燈影裏突然跳出一群女孩子，她們每人手裏握著一束唐菖蒲，咯咯地笑著，爭相獻過來：「王先生，祝你生日快樂。」

佳能正大惑不解，其中有個領班模樣的姑娘站出來說：「我們都是酒店公關部的，經理今晚有事，不能陪你過生日，特地指派我們幾個來，好帶給你一份歡樂和驚喜。」

說實話，佳能當時真的是驚喜萬分，有這麼多美麗的女孩，有這麼多漂亮的花束，加上她們的真純和摯愛，佳能的心裏對妻子有著描述不盡的感激。

整個夜晚幾乎都是在藝苑舞廳裏度過的。女孩們爭相邀佳能跳舞。佳能的舞跳得並不好，但心情快樂，加上女孩們的熱情，佳能可是出盡了風頭，像一個白馬王子，被姑娘們寵著愛著。佳能相信，這是他有生以來過得最快樂的一個生日。

而當夜闌人靜，大家在閃爍不定的霓虹燈下盡興而歸時，佳能才發現妻子還依在文化宮前的門廊上，溫靜而耐心地等著佳能回家。看樣子她有點累，還體貼地關照佳能：「今晚過得好嗎？」

妻子這一問，佳能本來還很興奮的心情一下子變得淒涼無比，感傷無比。為了他的快樂，妻子也可謂用盡了心思。可是人生，哪能天天都像今晚這樣盡享快樂，人生總有曲終人散之時，他想要的，並不是這樣的生活呵！想罷，作為男子漢，佳能不禁心戚戚而淚漕漕了。

妻子似乎覺察到他的心境，說：「別這樣，瞧，今晚的月色多好，你的小鳥今晚伴你一道回家。」

一瓣心香

準備過年了，妻子在家布置房間，我帶女兒上街去剪頭髮。走出髮廊的時候，我們發現了一家新開不久的鮮花店。在小城，顯得分外的稀罕和新奇。我帶著女兒情不自禁地走了進去，一股濃郁的花香迎面向我們漾來，我的心情一下子舒爽得如同三月的雲天。

於是我準備買束鮮花帶回去，女兒也高興，說：「我們要帶給媽媽一個驚喜！」接下來我們開始挑選鮮花：唐菖蒲將開未開，馬蹄蓮又過於素潔，菊花顯得太大眾化了一些，紅玫瑰顏色太紫不夠亮麗，水仙倒是不錯，可女兒又不喜歡。最後，女兒和我幾乎同時看上了牆那邊一枝鮮亮的黃月季。它明豔照人，含芳而綻，躲在那裏，不言語而感人，像一個可愛純真的小天使在那裏傳達著早春的信息，於是我們決定就買這種淡淡鵝黃的月季花。

店主見我們要買黃月季，就說：「可惜，由於買花的人多，黃月季又很搶手，今天只剩下這最後一枝了。」花，只要美，其實並不在多。我們就買這一枝黃月季，女兒用她的小手輕輕地捏住它，小鼻子湊上去，樣子很陶醉。

我們走在大街上，那顏色鮮麗、質地如綢的黃月季吸引了行人的眼光，真的，在冬季，有這麼一朵芬芳美麗的黃月季，會讓人產生一種錯覺：這是春天！

何況是我可愛的女兒拿著它。

前面的街邊圍著一些人，是社會募捐，這種現象見慣不驚。可今天不同，路邊擺著一塊巨大的告示牌，上面寫著一個名叫玲玲的十歲女孩患了白血病，治療需要四十萬，請各位爺爺奶奶叔叔阿姨哥哥姐姐伸出援助之手，獻一份愛心。告示牌上，有玲玲一幅放大的照片，生動美麗的大眼睛裏流露著明淨的哀傷。站在告示牌前，對著玲玲的照片，我萬分心疼。女兒似乎在流淚，跟我說：「爸爸，把你的錢給我。」我搜羅了身上所有的口袋，將不多的一些零散鈔票小心地放到女兒花苞一樣的手上，女兒又將鈔票放進那個紅色的募捐箱。

離開募捐處，我的心情很沉重。女兒像是突然想起了什麼似的，重新又折了回去，踮起腳，將手上那枝明豔的黃月季插到了募捐箱上。在這個充滿愛意的冬季，它輕輕搖曳著，像一縷金色的陽光。

輕筠滴露的清晨

早上，女兒，你依在門前的翠竹叢邊讀著外語，像初春的竹筍一樣，正在節節拔高。可是女兒，你並不知道，爸爸看著你漸漸長大的身影，心裏充滿的既是欣喜更是憂傷，還有那種說也說不清楚的惶惑。因為，女兒，你要是長大了，爸爸媽媽也就要老了，爸爸知道這是無法改變的自然規律，但爸爸仍然希望你的年齡能夠停留在童年，這樣，爸爸媽媽就會永遠不老，我們這個家庭也就會永遠年輕。

爸爸喜歡聽的是你的那種別人無法聽懂，而只有我和你的母親才能真正理解的童音外國語。這種語言就像早晨輕筠上的露滴，純淨得令人心疼，清亮得使人心醉，甜美得使人心曠神怡。

可是女兒你就要長大了，幼兒園三年一晃而過，小學短暫得恍若雲煙，初中高中也不過是一巴掌的數字，時光如水，逝去無痕，越是天真美好，歲月越是難留。到考上大學的那一天，你就會離開父母，離開家庭，像鳥兒離開窠巢，到藍天去翱翔，到遠方去梳理羽毛。那時，即使父母手裏還有一根情感之線，可那是多麼的細弱，父母將它握在手裏，心裏叨念的還是你的爛漫童年，擔心的還是你在外面打拼的風雨人生之路。

這種心疼，不為人父人母的又怎麼能理解。

記得六歲分床，爸爸媽媽一夜起來七八回，怕你踢被，怕你受涼，怕你受到驚嚇……長久地坐在你的床邊流連不去，看著你睡蓮一樣的睡姿，那種憐惜、牽掛和疼愛充盈心間，卻無法用語言來準確表達。

媽媽看似柔弱，爸爸看似堅強，可是父母之心都是一樣，爸爸看似強大的外表之下，包裹的卻是一顆易碎之心。等到你離開父母走向人生的那一刻，也許你真的能聽到爸爸胸膛裏會發出「呯」的一聲脆響……

爸爸當學生時，班主任老師的女兒出嫁，他望著女兒遠去的背影嚎啕大哭，那時，我們對此似乎還不能夠理解，而現在，我作父親，我一下子就懂了……

你的聲音不斷從百葉窗外悠悠飄進，無憂無慮，充滿青春的嚮往。霞光初露，將你的面龐鍍上了一層可愛的金邊，可是女兒，在這個美麗的輕筠滴露的清晨，爸爸心裏所想的一切，你能夠知道嗎？

泰山參，淡藍的花

那天的天氣特別明媚，依稀是早上，隨著一聲美麗的搖鈴聲，綠衣天使給我們送來了一個沉沉的郵包，上面還有一朵心形的紅色貼紙，一看是女兒從北京寄過來的。我們心裏便漾滿了歡喜。

很小心地打開來，裏邊有幾顆紫色的靈芝草，散發著幽微的中草藥的清香，還有兩根濕漉漉的飽含水分似乎是剛剛才挖出來的潔白的鮮人參，拿在手上顯得有點重。附言說：「爸爸媽媽，這兩樣東西是我上泰山時，在泰山上的山路邊買的。那兩根人參是泰山參，賣它的山農說，泰山參的藥用價值很高，治療三高特別有效，這對你們的身體肯定會有好處。」

一向懂事的女兒，居然開始懂得關心父母了，那時，我們心裏似乎都在流蜜。

但我對人參還是比較瞭解的，一聽說是泰山參，我就知道女兒受騙了。因為人參只產東北，有特定的土壤和氣候條件。至今還沒有聽說過泰山還產什麼人參。

果然，經過鑒定，這兩根看似鮮人參的肉質物體不是人參，而是比較常見的山桔梗。

山桔梗又名白藥、利如、梗草，根含多種皂甙，山農將它當作泰山參來賣，雖然顯得貴了一些，但它也是一種相當不錯的中藥材，按本草說，它能祛痰止咳，消炎降糖，作用並不比人參差。

我和她母親對著手裏的「泰山參」輕綻微笑。因為這兩棵「泰山參」體現了女兒的孝心無價。對著這兩棵「泰山參」，我們心裏裝滿了幸福和快樂。

她母親用一個泥盆將這兩棵還很鮮活的「泰山參」栽了進去。不久，它便長出葉來，豐盈而飽滿的葉，互生，而後不久又開花，兩朵淡淡藍藍的桔梗花，好看得不得了。花呈倒鐘形，有很大方的三角齒，旺旺的，使本來有點小的院子一下子變得格外明亮起來，同時蕩漾著滿院的喜慶和浪漫氣息。

呵，女兒的美意開花了。妻子高興地說。

那真是一個美麗難言的夏天，一棵遠隔千里的泰山植物居然在我斗方小院開出淡淡藍藍的花，一如女兒頑皮可愛的笑臉，帶著高山峽谷的情意向我們天天祝福，使我們的日子過起來格外有情有彩。

我和孩子的母親快樂了何止一夏，直到今天，一想起她，難言的愉悅便瀰漫心頭……

難忘那個金秋

那個金秋，月老向我拋來了紅絲線。

那時，我在大學讀中文系，如穎剛從廬江師範畢業，在我家鄉的一所小學裏教書。我們倆只有如穎每月工資二十九塊零五角，我們除了愛情和歡喜，其餘什麼也沒有。

沒有東西我們不怕，有了愛情，就什麼都有了。我和如穎都是老三屆，經歷和語言是共同的，她十六歲下放，十年知青，兩年師範，年齡已不小了，我年齡雖然小些，但我們的情況畢竟一樣，好心的系主任知道了這個情況以後，特許我回家完婚。

於是，那個燦爛的金秋，便成了我們終生難忘的喜日。

新房布置在我過去讀書的小屋，雖土牆土壁，但是有了如穎，就變得格外溫馨。她用整個的一顆心和如水的柔情精心布置，並從山原上採來一束小小的藍雛菊，鄭重地擺上了我們的書案，這樣，我們的新房就變得生動多了，空氣裏也有了一種非常喜慶的淡淡菊香。

父親把家裏唯一的一頭豬賣了，將賣得的一百塊錢全部給了我，說：「你們買點什麼吧！」

一百塊錢能買的東西畢竟有限，我想了一想，就給如穎買了一塊她最需要的手錶，外加一對紅蠟燭。

那個晚上，如穎坐在搖曳的燭光裏，比任何時候都要美麗動人。

窗上，是如穎的娘家妹妹給我們剪出來的一朵大紅並蒂蓮，蓮下，有一對鴛鴦戲水，它們親親密密、纏纏綿綿而又栩栩如生……

那是一個萬分美麗的晚上，窗外疏星淡月，梧桐清風，屋裏，紅燭高燒，情語喁喁，我和如穎憶憶難忘的過去，說說幸福的現在，又談談美好的未來，心中充滿了無限的甜蜜。

我們無錢到外面去度蜜月，於是這小小的山村，便成了我們心目中早已嚮往的「蘇杭」。

我們一同到藍溪裏去浣衣，一同到小園裏去拔菜，又一同到山坡上去採秋來的星星草。金秋的草地多柔和呵，我和如穎躺在上面，仰看藍天白雲。藍天上，有一對紅嘴雲哥兒在輕曼地翱翔，好愜意好愜意呵，如穎說：也許那就是我們。

金風裏，有一陣陣濃郁的桂花香輕輕地漫過來。如飄渺的仙樂。如穎說：「想起來了，山那邊有好幾株月桂樹，我們一同去看桂花吧。」

於是，我偕著如穎，沿著開滿藍雛菊的山坡，到後山去看桂花。

在一片背陰坡上，住著幾戶人家，合抱粗的月桂樹下，坐著一個老婆婆，她正在一針針一線線地納著鞋底，身邊的團箕裏，晾著一些金色的桂花朵。見到我們，善意地笑著說：「你們，是被桂花招引過來的吧。」

如穎笑，我也笑。桂花樹好高好高呵，如穎很想折得一枝卻不能夠，只好低頭在樹下尋找一些落瓣。老婆婆笑著拿來一把帶折鈎的長篙子，親手從高枝上折了好大的一枝來，拿在手裏，遞給如穎，笑著說：「姑娘，我們這桂花是賣錢做糖的，輕易不送人。可我看得出來，你們慈眉善眼的滿臉喜氣，準是新婚的一對，我特意折一枝送給你們，願你們今後瓜果綿綿，白頭偕老。」

瓜果綿綿是多子多孫的意思，可現在是計劃生育呵，當然，我沒有顧及許多，幾乎和如穎是同時伸手去接桂花的，並雙雙向老婆婆恭恭敬敬地鞠了一個躬，感謝她這無比馨香的饋贈和美好真誠的祝願。回來的時候，新月已經上來，我們走在淡淡月色和靄靄晚風之中，心中充滿了感動。如穎小心翼翼地持著桂花，無比感慨地說：「這個世界多麼美好，我們一定要好好生活。」

如今，蜜月雖然已成過去，但我永世難忘那個美麗的金秋，難忘金秋時節做過我們新房的那一間小屋，以及小屋裏那個紅燭搖曳的夜晚，還有那個老婆婆，以及那一枝結滿老婆婆美好祝願的金色月桂花……

三河踏月

車在三河停下，正是新月初上之時，小小古鎮籠罩在一片淡淡的星光月色之下，頗有點淡墨國畫的意境，更顯得古趣盎然，風情獨具。那種感覺就是人在江南了。

我們找了個小小餐館，臨河而飲。淺淡的燈光，柔和的月色，相互輝映，恰到好處。早聽三河有安徽周莊之美名，甚是嚮往，水鄉源遠，古韻悠長，心有思古之情，酒呈琥珀之色，清悠的河風拂過芸窗，那月光之幔也似乎在輕輕搖動了。

飲罷出得門來，方見得那小小酒館的門上有一幅楹聯，道是：東不管西不管酒管，興也罷衰也罷喝罷。聯子很是灑脫，多少有一點悠然出世的味道，更為小鎮增加了人在史中的悠悠古意。

月光下沏，河上流光點點，我們經過古時唱戲的萬年台，走上別具一格的鵲渚廊橋，橋是曲橋，水是活水，雖是夜晚，卻能見到河水的明亮清幽，河上有幾隻遊弋的小船，划動著夜色下的波光，有幾隻靠在曲岸，演繹著楓橋夜泊的靜謐……橋上有三三兩兩的人們在納涼談天，夜風拂動著河邊的曲柳，也拂動著他們身邊的月光，在這樣的夜晚，他們的神情是那麼樣的自在清閒。那一刻，我也真想和他們一樣，做一個古鎮人，享受這一片無價的河風月色以及這一片自在的寧靜和清幽。

三河老街的石板小巷裏月影迷濛，這條青石小巷我是走過的，那還是在很多年前，因為軍訓，我和同行的蔣先生那時都還是年輕的學生，我們背著背包，帶著少年的天真和嚮往，跟著行軍隊伍，從那長長的石板小路上逶迤走過，晚上住宿在下街頭三河中學的禮堂裏，禮堂臨河，我們枕浪而眠，想像中熟睡的我們就像一朵朵幼弱的睡蓮……往事如同一個美麗的夢，依稀氤氳，在心頭縈繞，現在走在這一段老街上，親切依然。

一隻小船從夜幕中悠悠地撐了過來，我們擋不住那船姑清甜的聲音優美的招呼，且暫隨緣放曠，任意逍遙一回吧，於是跳上了那只晃晃悠悠的小小遊船。

就在我們走上遊船的時候，有人在曲岸上叫我們，一看，原是那個小小酒館的女老闆，她手裏拿著一隻富光杯子追了過來，說，你們誰將杯子丟下了！

我接過杯子，心裏有一種溫馨，從心裏感歎，這小小古鎮古風猶存，民情依然如此純樸。人在他鄉，難得的就是這一片為人的溫馨。

船姑劃動木槳，有節奏的絲絲水聲如同動聽的夜曲，油油感人。河水在月光下輕蕩著粼粼波光，兩岸燈火如同迷濛的天街。我問船姑知不知道丁汝昌，船姑莞爾一笑，怎麼不知道，我多少也是高中畢業哩。歷史書和辭海上都說丁汝昌是清代盧江人，他的家鄉就是三河東邊的丁埂，那時的行政區劃和現在不一樣，無論怎麼說，他和我們喝的還是同一個三河裏的水呵。在民間傳說裏，說盧江的「盧」與「爐」同音，丁汝昌的「丁」與「釘」同音，「釘」在「爐」中，自然是要發紅的，因此他當上了北洋水軍提督，後來他家移居巢縣，而「巢」與「潮」同音，「釘」一發「潮」，自然就不好，所以後來丁汝昌就獻身海疆了。

我們靜靜地聽船姑在說，她說的許多是我從來沒有聽過的，覺得又新鮮又有趣。

船姑說，三河自古就是個好地方，有許多人在戰亂年代逃難到三河，以後就再也不想走了，在此安家立業，三河有很多風物讓他們捨不得離開這一片熱土，有哪些捨不得呢？她唱起了古老的三河民謠：

一不捨三河鎮花花世界
二不捨三河水淘米洗菜
三不捨老鯽魚搖尾鼓腮
四不捨陶葉家薄切玉帶
五不捨老張頭瓜子一嗑兩開
六不捨小李家茶乾香飄門外
……

小船划過兩岸人家，划過一片水草，又划過一片菱荇，前面就是開闊的水面了，一望無邊的荷葉荷花在眼前鋪開，忽濃忽淡的薄荷香陣陣撲來，我們不約而同地作了一個深呼吸，陶醉得像一條游在深水裏的鯉魚。

今晚忙裏偷閒，這一片水鄉之月是我的。

月夜簫聲

月光照進綠色的紗窗，房裏，有一種朦朦朧朧的美麗。

索性不寫字了，摁滅臺燈，靜靜地坐在椅子上，接受月光溫馨的訪問。這時候，世界靜靜的，一切都好得很。一陣溫軟的夜風拂過窗前。我聞到了一股宜人的花香，純正而清幽。隱隱地覺得這花香已經不止一次輕漫我的窗櫺了，只是平時一忙，沒甚在意，無端辜負了春天裏這美好而殷勤的問候。

我站起身來，開門走進院子，院子裏有一棵梔子，梔子雖青枝綠葉卻尚未育蕾。我這才悟得：花香是院牆外面飄漫過來的。細細聽，花香裏隱約有洞簫之聲，圓潤而悠長，和花香一起輕輕波動，使這春夜多了一層感人的力量，我的心，也隨之顫動不已。

我很想到牆那邊去看看，那究竟是一種什麼花，看一看那吹簫的人，究竟是一個什麼靈秀的模樣。但，這得從校門裏走出去，要繞很長的一段路；再說，夜漸深了，誰肯讓一個不速之客進門去一睹容顏？

心裏惦著這件事，卻終沒有過牆去造訪。直到有一天，再也聞不到那逐漸弱下去的花香了，我才想到非過去不可了。

屋後有一戶農家，隱約在一片清林秀竹之下，門前收拾得乾乾淨淨，小雞踱著方步，清風搖動竹影，可小院並沒有花。我問看門的老奶奶，前些天，這兒是什麼花香呢？順著老奶奶的手指，我這才看清了，院牆的一角，是發育得極好的一株金銀花，它蓬勃著，枝葉青翠得可愛。只是，它的花朵已經凋謝了，地上還有一些金紅的花瓣。我俯身拾得一朵起來，仍有一股暗香撲鼻。我惋惜，沒有看到它在月夜裏盛開的樣子。我想，那樣子一定非常好看：許多管狀的小喇叭一齊吹奏著午夜的月光，吹奏著小小花國生命的美麗和全部的歡喜，月光溫靄地照臨著它們，那麼多的樂管就會閃爍出撲朔迷離的光暈，那場面，該是多麼激動人心呵。

可是，我來遲了。

出院門的時候，我還想見一見那吹簫的人，老奶奶說，那是她的外孫女，勤耕勞作之餘，總喜歡摸摸那洞簫，門前的竹子是現成的，修長而挺拔。可是她前天出嫁剛走，連同那洞簫，也跟著一同帶走了。

一切，都被我錯過了。

但，我能想像得出，一個會製作洞簫並會吹奏的女孩該是什麼樣的靈秀：她端莊地坐在透明的月光之下，讓自己的簫聲和花香一起去感動這一片靜靜的月下世界，這是一件多麼美麗的事情。她的勞動，她的簫聲，她的愛情，和這清沏的月光一起，格外地富有詩意從而被人們格外地加以珍惜。

可是現在，她走了，到另外一塊土地上去吹奏她的洞簫了，我想，那塊土地一定很富饒也很豐美。

我想我自己，在院牆的那一邊，安安地度過了這麼多春天，為什麼直到今天才猛然感受到月色和簫聲的美麗呢？

難道，人間的一切，都是因為錯過才是美好的嗎？

無語黃花

城區，靠近公園的地方有一片樹林，林間有一片小小的空地，空地上，擺滿了姹紫嫣紅五色繽紛的菊花。它們有的已經盛開，有的正在含苞待放。花瓣和葉片上有點點晶瑩透亮的露珠，折射著林間透進的陽光，閃著動人的十字形的光芒。

擋不住美的誘惑，路邊的行人三三兩兩地圍過去問價。這時我才看清，花的主人是一個清秀的鄉下小姑。花盆上寫著花名，標了價錢。我看中了一盆名叫「瑞雪祈年」的白菊。一看價要十二塊，剛一遲疑，就被一白髮老翁端在手中。那小姑見我惋惜的樣子，就介紹另一盆菊花說：這叫「金簫玉管」，也是十二塊，價並不貴，你想想，這一年四季，風霜雨露的，吃多少辛苦。這百來盆花，清早從郊區包輛車來，一下子就是四十塊。

我一想也是，正打算掏錢買下，就聽見身後有一陣刺耳的急剎車聲，一回頭，一輛帶斗的小江淮在路邊停下，車上跳下幾個壯壯實實的小夥，一聲不發地朝著菊花走來，又一聲不發地往那車上搬花。

大家都呆住了，不知發生了什麼事。那個帶頭搬花的對賣花的小姑說：「你妨礙市容知道嗎？再不換地方，我們就將你的花統統搬走。」一說著，裝著搬走的十多盆菊花揚長而去。

我好半天才回過神來，仔細一想這事就不對勁了，在這林間空地上，賣的又是花，怎麼就影響了市容呢？看那小姑，只見她的眼裏噙滿了眼淚水，欲滴欲滴地說不出一句話。

眾人都紛紛打抱不平，但又不知道這輛車是哪裡的，大家都記得那車門上沒有字，聽那口氣好像是工商管理局或者是市容管理大隊的。老者說：「我看哪，哪兒也不是，都是些打油郎混世的，想花，又不願花錢買，只好出此下策來欺侮鄉下人。說穿了，是文明建設的害群之馬。」

眾人經白髮老翁這一點撥，方才恍然大悟。

白髮翁掏出錢來，對那小姑說：我再來兩盆，那「十丈珠簾」，那「貴妃出浴」，剩下的錢，你也別找了。

大家紛紛仿效，我自然也不裝孬，剛才搬過來準備買的那一盆「金簫玉管」被車上人搶走了，我又換了一盆「龍城飛將」，不一會，剩下的菊花，全部售罄。

小姑的臉上，終於有了快樂的笑容。我將黃花放在自行車的後架上，推著走出人群。這時，一群歸雁叫在頭頂，陽光很好，天空很藍，我輕輕地呼出了一口氣，心情暢快了許多。

門前有棵梔子花

去年在一個名叫「農家小院」的飯店裏吃工作餐，正是傍晚時分，晚霞映著窗幃，我看到窗簾特別精製，上面居然有一首鄭板橋的詩。我對這位先生的詩特別鍾愛，常常抄錄。這首詩更為清新靈麗，讓人看了眼前一亮，心裏便一下有了春風。

回家當然要記下來，可是一忽楞之間，便給忘了。今年給學生上詩歌鑒賞，突然想起這件事，便認真回憶了一下，不甚清晰，心中便有種隱隱的後悔，怪自己偷懶。回家在網上找，也沒有。便認真搜羅記憶，試著連綴成篇：

小妹家住碧浪沙，
阿哥沒事來喝茶。
來時有路君須記，
門前有棵梔子花。

好像又不是梔子花，又好像是槐樹花，反正是有棵花。它的特徵是白色，給我的感覺特別素潔，這一點是絕不會錯的。讀著這樣的詩，人被感染得都快要死掉了，說不出來是個什麼樣的好。但無論怎麼說，這位靈麗的「小妹」

的形象已經在心中復甦，這位復甦的小妹，真的比真人還要來得生動鮮活。

即使有個別字的誤差，但詩是板橋寫的，這位多情的詩人其實只是個代言人，代為這位「小妹」寫了這麼一首甚為浪漫多情的詩。說是情詩，又沒提到一個情字愛字，來得是如此含蓄，說是含蓄，又是讓人理解得如此明白，整首詩浸透了這位「小妹」的聰慧、機智和情思。我心裏就一直在想，是板橋在鄉下或是在江邊辦什麼事，遇到了一位美麗的小女子，因為不捨，更因為她的多情多義，便一時難忘，心中生出許多的想像來……或許，這位「小妹」真的是十分熱情大方，讓板橋這位阿哥無事來喝喝茶，敘敘家常，別的並沒有其它什麼深意……而在詩裏，給人的聯想卻是無盡的了。

沿著清江走，尋找那一棵花香，花下有一位麗人在等待你，準備給你燒茶，這是什麼情味？即使人生有諸多不順，但有了這一種等待，就會讓你美麗一生。

古詩我喜歡讀，但古詩人我喜歡的並不多，板橋因為有血有肉，有情有意，深被大家喜愛因而也被我喜愛。但是他的詩多是題竹題蘭，也有不少是影射官場的黑暗，現在，有了這麼一首好像是隨意寫來的小詩，卻無端地讓我動情，讓他更顯情深味濃，那淡淡的古風，濃濃的美意，讓我留連在詩裏不想回家。

這棵花一直在我的心裏點亮著，長久地芬芳。想一想，那時是留一棵花，換成現在的一個手機號碼，你可以試想哪個更為動人……

小雞的友情

有回倒洗碗水，不慎將水潑在一隻小雞的身上，小雞的身上便狼狽地沾上了一些飯粒。這時，有幾隻小雞連忙跑過來，很親切地將這只小雞身上的飯粒一一啄盡。其中有一隻小雞啄飯粒時，半天啄不進嘴，我很奇怪地抓起來一看，糟，這小雞先天畸形，上喙與下喙天然地錯開，合不到一起，啄起食來便是一副艱難的樣子。

於是，每晚上燈時，這隻畸形小雞的嗉子總是癟癟的飽滿不起來。

小女可憐它，每晚便單獨給它餵食。

儘管如此，畸形小雞還是長得又瘦又小。

那天傍晚，我坐在階下看書，無意間擡頭發現了一個很令人感動的場面：一隻小公雞將啄到的飯銜在嘴裏，正費力地往畸形小母雞的嘴裏餵，兩雞交喙時，表現出一種極自然的友愛和體恤之情……看到這情景，想起剛讀到的一首古詩：「覓得盤根石，低頭喚同棲，渴來有飲水，苦樂不偏離……」不由得感慨萬端了。

小禽間尚且如此，而人間呢……

桐花繞城而開

其實，桐花繞城而開只是我的想像，桐城並沒有桐花。

但陳所巨先生的確說過，桐城之所以叫桐城，就是因為那一片雪白而純美的桐花。我來時，先生已經作古，但是春天尚在，我既沒有見到古雅的先生，也沒有見到雪白的桐花，其失落之情可想而知。

好在同行的張林元先生是我大學校友，他有兩個同班同學就在桐城發財，已經有十多年沒怎麼聯繫了，經過打聽，才知他們一個是市招商局的副局長，而另一個則是桐城博物館的館長，你看這多好，都是有權有勢的，既然是張林元的同班，當然也就是我的大學校友了，而且我還占了早畢業幾年的便宜，他們都客氣地叫我大師兄。

這樣，我們就有了一覽博物館的機會，館長親自打電話，將已經下班的館員們一一招回，開門給我們這些「貴客」一飽眼福。

大成殿供奉著至聖先師孔子的牌位，他的一些得意門生分列兩邊，正襟危坐，最有特色的當數顏子和仲由，顏子家境貧寒，吃了上頓沒有下頓，所以他的塑像面色蒼白瘦削；而仲由則是一介糾糾武夫，他的塑像就是滿臉的絡腮鬍子，顯得勇武剛強；最好玩的是那個白天上課睡覺被孔子罵過沒出息的宰予，居然成了正果，成為孔子的七十二賢生之一，看來孔子看人也有走眼之時。

桐城派的濫觴、發展、成熟及衰落的整個過程完全濃縮在這一方斗室，讓我一目了然。一個文學流派的產生，總有其多方面的原因，但桐城作為當時的一個小縣，能出那麼多才俊，並有一個流派產生，而且影響巨大，實屬難能可貴。我們的先人當中流傳著這樣一種說法：說從前有個捉龍人，拿著大袋子，經過廬江大地，見到廬江有好多龍種，可惜廬江地脈危淺，不能藏龍，便將這些還沒成熟的小龍捉在袋中，走到桐城境內，見此處上有龍眠山，下有龍眠河，山水佳麗，仁智相依，是龍虎藏身的好去處，便將龍們放在此地，而後桐城才有那麼多的才俊出世。這個傳說一直影響著我，常使我對桐城文化有一種仰視的敬畏，總覺得只有他們才是真正的龍種。可是，越是優秀，其經歷常常越是坎坷，當我走過桐城派開山鼻祖戴名世的書案前，想到《南山集》案的慘烈，心中便有一抹難以抹去的陰影。

對於桐城深厚的文化淵源，現代人是這樣解釋的：因為桐城水土裏含有一種對人體有益的微量元素，長出的莊稼生出的魚蝦吃了使人變得聰明，所以桐城至今高考達線人數都是其它鄰縣所不能及。這種說法的確有一定的科學道理。

但我卻有自己的看法。我所走過的一些地方，凡是有些文化底蘊的城市也都建有廟宇，但是供奉的神位卻大不一樣，大多供的是文昌君，文昌君是天上的文曲星，也就是說，這些地方出人，靠的是上天降福，只要拜一拜文昌君，自然就會有文狀元出世，這多少有點虛幻；而桐城供的卻是孔子牌位，是立足於現實的苦學，尊師重教，其出發點就決定了一個城市對於文化的理解和態度。我想這大概才是桐城文化源遠流長而且厚重的根本原因。

至於我最仰慕的張英、張廷玉父子卻沒有塑像，只見到一方小小的大概是陶制的御賜「調梅良弼」印。「良弼」的意思是「優秀輔臣」，而「調梅」就是調和味道，「梅」是一種調味品，「和味」為佳味。大家都知道過年時我們為什麼要有一盤「和氣菜」，求的就是這個和氣，「調梅」也就是這個意思。因為君王任用宰相的主要目的就是協調一切，使之平衡，就像廚師調和味道一樣。所以「調梅」又是宰相的別稱，常常也稱「調鼎」，意思是一樣的。皇家賜這方印，說他張宰相是很好的輔臣，這對他是多麼高的讚譽呵。我之所以仰慕他們父子，並不是因為他們官大，而是因為他們胸襟大，真正是「宰相肚裏能撐船」嘛。因此我對「六尺巷」的故事特別推崇。我總想，連君王都稱讚是好宰相的人，那麼他的家庭和鄰居的一點小小矛盾又怎麼能夠難得倒他？你看經過他的調和，勢必相鬥的兩家居然化干戈為玉帛，成為千古佳話，感化著一代又一代人。

人們向來說起「六尺巷」的故事都有一個盲點，一帶而過，認為人人都會知道，能省就省吧。其實我就不知道，我不知道誰家這麼牛，居然敢和當朝宰相家發飈，那應該還是有一點樹大根深的味道吧，我知道桐城有幾大家族在當時比較有名望，除了張英家，再就是左光斗家，三是方苞家，四是姚鼐家，五是馬其昶家，現在經我一再盤根究底，才知道和張家爭宅基地的卻不是張家以下的這幾家，而是一個姓吳的人家，也就是吳玉倫家，吳玉倫是個大學問家，也是桐城派的後期作家。照說這樣的人家也不會因為一點宅基地和一個宰相家過不去吧。實際的情形是，張英當大學士（宰相）是在康熙朝，而吳玉倫的父親咸豐朝才中舉人，也就是說在張英那時，吳家尚未發迹，而且家境比較貧寒，一個貧寒的百姓人家一般是沒什麼顧忌的，而貧寒不代表就沒有骨氣，也許，吳家就是要在這誰也說不清的宅基地上爭一點骨氣。實踐說明，吳家是骨氣也爭了，臉面也有了，而張家也因為主動讓出三尺宅基地而更有聲望，真正是達到了雙贏。桐城人真的好聰明呵！

我常常想著另一種結果，就是張宰相給桐城縣打個招呼，說縣長你看著辦吧，那縣長為了巴結當朝宰相張家，到哪裡去找這個機會，那吳家會是什麼結果我真的不敢去想。所以我說仰慕張氏應該還是有道理的。

宋朝有個尚書名叫楊翥，他的家裏人也是與人家爭一塊地，特地派人來京要他出面定奪，他就給來人寫了一封信帶回家，信後附了一首詩：「餘地無多莫較量，一條分作兩家牆，普天之下皆王土，再過些兒也無妨。」楊翕先生認為天下土地都是皇家的，我們都不要爭了，看似灑脫，實是維護皇權，向君王邀寵；而張英先生則是從歷史和人生著眼，洞察世事，看淡一切：「千里來信只為牆，讓他三尺又何妨。萬里長城今猶在，不見當年秦始皇」，這才是大胸襟，真超脫。

歷史上都說桐城人小氣，可是你從張氏父子身上看到的是小氣嗎？歷史有時就是這麼好玩，自以為大氣的鄰縣廬江是我的故鄉，偏偏讓諸葛氣死的就是那個氣量狹小的周郎。

由於第二天早上要走，可早就嚮往的「六尺巷」尚未謀面，於是主人熱情帶路，晚飯後，在一片迷濛的夜色裏，我們走進了那個有點昏暗的小巷。東西走向，南面是過去的張家，北面是吳家，可現在卻通通是公家，真正應了張老宰相的那句詩：「萬里長城今猶在，不見當年秦始皇」。巷子大約百來米的樣子，有同行量了一量，是真正意義上的六尺，不多不少，可見古人做事就是如此認真。巷子的東頭有個牌坊模樣的建築，上書正體「禮讓」二字，古老的文明，在這座古老而年輕的小城煥發著熠熠的光輝。

晚上回到旅館，依稀在頭腦裏搜羅陳所巨先生零星而芬芳的詩句，那個桐花盛開的地方，是我美麗的家鄉……夢中，潔白而純美的桐花開了滿街滿巷……

生活不相信解釋

曾在報上寫過一篇散文：〈故宮裏的石榴樹〉。內容寫實。因為我送女兒到北京的學校報名，有機會看了一下故宮，那時正是秋季，故宮內庭和外朝分野的橫街上那些燦爛的石榴樹給我留下了極其深刻的印象，於是我就寫了這篇東西。

次年十一月份，學校組織了一些畢業班老師到北京去參觀學習，回來後，他們就說我所寫的那篇文章實在是害苦了他們，問題是內容嚴重失實，他們在故宮並沒有見到我所說的那些石榴樹，害得他們到處尋找，結果浪費了好多時間，還耽誤了其它地方的遊覽。我說石榴樹肯定是有的，而他們卻說肯定沒有。我說，之所以在那裏沒有看到石榴樹，是因為那些石榴樹都是缸栽的，到了十一月份，北方已經很冷，這些石榴樹為了過冬，肯定會被移進溫室。可是他們還是不信，認為我寫東西不過是無中生有、盡情想像罷了，雖然並無惡意，但我卻仍覺此話不妥。寫作當然可以虛構，但歷史卻不能，故宮是歷史，我不能無中生有，但我的解釋顯得蒼白無力。

後來想一想，有就有，沒有就沒有，信就信，不信就不信，不就是幾棵石榴樹嗎，對此我有什麼必要費盡口舌去作一番解釋呢？

但，有時生活中的一些事情又不得不去解釋。有次我的一位同事買了一些蔬菜放在辦公室，就匆匆上課去了，那顆大白菜沒有放穩，回過勁從桌邊翻身掉了下來，連同塑膠袋裏的其它蔬菜也都掉到了地上，另一位同事義不容辭地給他撿了起來。這位仁兄下課回來時發現蔬菜髒了，眼光便怪怪的，以為是誰和他搞惡作劇，好像是什麼人故意給他弄髒似的。並說，怎麼還少了兩塊馬鈴薯？幫忙撿的同事心裏十分生氣，辦公室裏當時只有她一個人在，她就是想不解釋也不行了，於是便向他解釋剛才是怎麼回事，不想討功，可別責怪，更別懷疑，挺噁心人的。當然，這種解釋他並不相信，好好的一顆菜怎麼說掉就掉下來了呢，我在時它怎麼不掉，我走了它就掉下來了？為了使他相信，撿菜的同事只好將這顆大白菜重新放回到原來的位置上，好讓它再掉一次，以證明她說的正確，可是這顆白菜說什麼也不肯再往下掉。這樣她反而備感窘迫，氣喘心跳，還能再解釋什麼？

當時沒有別的人可以給她證明，她跟我說這事的時候，還顯得憤憤不平，就像嚴順開演的小品《張三其人》一樣，說也說不清楚。

生活，有時真的就是這樣，無法解釋也無需解釋，人生的誤解遠遠超過理解，可是就這麼個簡單道理也並不是人人都能悟得，因此生活中就難免出現尷尬。人家的東西損了，本來與你毫不相干，而你出於善良或是為了消除誤會表示關心加以解釋，結果，這個損者一定就是你！一般的邏輯是：既然與你無關，你為什麼要來解釋？

但有的人，生性就是個完美主義者，他不想在生活中留下遺憾，也不願給別人留下不好的印象或者無端的猜疑，遇到一些與自無關的事情，生怕別人懷疑自己，馬上進行解釋，可是越解釋，結果越是說不清，越說不清，可能你就越解釋，這樣就會陷入一個循環往復的怪圈。本來你想清高一點，可是污濁越會來找著你，本來你想完美一點，但是生活的缺憾還是緊緊跟隨著你，讓你在前面走，後面就有人指著你的脊梁骨，而此時有人因為和你有了些意氣，正好乘機借題發揮，結果弄得你聲名狼藉。

在這方面，有人是吃過很多虧的。在這方面我的教訓是，哪怕別人的十萬現金丟了，你也不要去理他，你只管做你自己的事情，千萬不要施捨你自己廉價的同情，去關心，去著急，這裏並不是宣揚麻木主義，因為生活就是這樣，有時麻煩就是這樣上身的。

追求完美並不是不好，但這種人常常熱衷於解釋和表白，這種人最容易成為玻璃人，會讓人一眼看穿你的軟肋所在，往往，這種人在生活中最容易受到傷害。

你想完美，但生活本身並不完美，你想解釋，但是生活並不相信解釋。而你如果不能像孫大聖那樣剖開胸膛讓別人去看紅心黑心的話，那麼你只有為一句解釋或表白而承受一輩子的後悔。

你只是一個俗人，但不排除你心中有一個美麗的精魂，你的外表可能很粗，但你心靈深處卻很溫柔，看起來你很強悍，而你的內心卻極脆弱，也許，你的舉止有些出格，而你內心卻有著嚴格的道德標準……儘管如此，你絕不能對別人這樣表白，你要是這樣說了，並要別人相信且這樣來看待你，那你就太過天真。

因為生活不相信解釋。

有回我看到一個資料，上面寫一個父親帶著女兒到朋友家去串門，朋友送一瓶開水放在客廳，剛轉身，那水瓶就炸了。朋友回身看著這一對父女，父親連忙說：對不起，是我不小心弄炸了水瓶。事後女兒十分不解，問父親，水瓶並不是你弄炸的，你為什麼要承認？父親說，孩子，你不懂，他已經懷疑我了，況且，我離水瓶又是這麼近。女兒說，那你為什麼不解釋？父親說，處在解釋的地位往往是被動的，而且可悲，最明智的，還是不解釋，越解釋他會越懷疑，我承認了，他也就釋然了，我雖然有點委屈，但卻掌握了生活的主動權！

這真是智者的語言！生活中老是處在解釋被動的地位，人生也實在是太累。生活的答案自在生活之中，記住這句話，生活會輕鬆很多。

一棵樹的角度

一位詩友說，有回他到北京去參加青春詩會，他和另外幾個詩人是先到的，而一位非常有名的女詩人卻還沒有到，大家就一起相約著到機場去接她，不為別的，只為能在第一時間一睹這位詩人的迷人風采。可惜的是，好不容易等她下了飛機，他們看到的女詩人卻一點兒也不迷人，甚至還有點醜，大家心裏頗為失望。

可是這位女詩人的照片出現在各個刊物上卻又是意想不到的美麗，柔和的面部輪廓線，一個令人心動的側面，典型的東方麗人。詩友說：你不得不佩服攝影家選拍的角度，是那麼精準得當，完完全全地改變了一個人。

看來，角度問題還真是個問題。

曾讀過一則報導，說一對農民夫婦在割麥時，看到一窩白生生的小老鼠，有十多隻，嗷嗷待哺，正準備打死它們，斜刺裏突然衝出一對大老鼠，和這對夫婦進行搏鬥，跳到他們的腳上，咬他們，經過一場長達數十分鐘的血肉較量，才把這兩隻大老鼠和一窩小老鼠打死，大家看了以後，都不由感歎唏噓：現在可真是不得了，連小小老鼠都如此狂妄，以後我們人類還活不活了！

正好我的一位同學也是記者，他認為這其中大有文章可做，便邀我一道去採訪這一對農民夫妻，重新寫了一則故事性的新聞報導：一個美滿的老鼠家族，夫婦新婚不久，一窩新生命便呱呱墜地，兩口子每天出去辛勤覓食，哺育子女，和諧地生活在一塊田壟裏。可是有一天，突然有「人」破壞了它們的家園，要消滅它們，這對老鼠夫妻為了保護幼仔，和強大的人類展開了一場生死大搏殺，搏殺得最勇敢的是那位老鼠母親，它大義凜然，毫不畏懼，直到自身一片血肉模糊。保護兒女是一切生物的本能，其中表現出來的母愛和親情令人驚心動魄。看起來有點像童話，但是這篇角度不同的新聞報導，得到了該報當年的最佳新聞獎。

換個角度，重新認識鼠類，可以使麻木的人性復甦！

花不在多，只要美；話不在多，只要對。同樣一座山，橫看成嶺，側看成峰，實際上，不在別的，只在角度。

我的鄰家女孩在外國語大學日語系畢業以後，和幾個同學一同到某日本公司去應聘，老總問她們，為什麼要選擇我們這樣的公司，其實還有好多和你們專業相關的事情可做呀！

同學們的回答，要麼是日本經濟發達，要麼是公司前景看好，還有就是中日友誼長青……讓日本老總大皺其眉。只有我的鄰家女孩說：本來，我對大和民族是有看法的，尤其是多年前的那一場戰爭。但是，四年日語學習，我對你們有了深一些的瞭解，特別是最近看了一部日本動畫片《王子遇仙記》，其中懲惡揚善的鬥爭，讓我看到這個民族也是有美醜善惡之分的；更讓我感動的是我的一個日本同學，在雙向交流過程中，她始終不肯承認她是廣島人，而我明明是知道她出生地的。後來她不得不告訴我，這是她人生最大的隱私，祈求我不要告訴任何人。因為在日本，如果大家知道她是廣島人，她就會嫁不出去，大家都害怕原子彈的輻射對後代貽害無窮。

從這個日本同學身上流露出來的人情和人性，使鄰家女孩很受感動也很憂傷。那時，她突然覺得：日本人民實在是可同情的，正是基於這一點，所以才來應聘。這也是給自己一個更多瞭解大和民族的機會。

她的話，把日本老總的眼圈說得發紅。第二天，她便被通知到公司去上班。

你看，這個角度的選擇是不是很智慧。

眼下，中國好不容易取得了舉辦奧運的機會，可眼前海外排華勢力還有一定市場，他們和藏獨分子糾集在一起，不顧一切向中國扔起石頭。被扔石頭當然不好，但換個角度，肯定還有其它結論。有位散文家給我們說過這樣一個故事：有個孩子在山林中看風景，見到一棵大樹傷痕累累，有的樹丫上還夾著被砸的石頭，便問媽媽：「為什麼大家要向這棵大樹扔石頭呀？」媽媽回答說：「因為這是一棵有成就的樹，她結果子。」道理是如此簡單，中國是一棵結果子的大樹，扔石頭的壞蛋想從這棵大樹上砸下果子來以求自利。怎樣保衛這棵大樹和這棵大樹的果實，肯定會讓我們十三萬萬炎黃子孫為之動容，我們的民族凝聚力將會空前提升。

有個哲人說過，一個民族的成長，如果不經歷腥風血雨，重重艱難，那也太過於平常了一點，更談不上有什麼成長內涵。就像大山沒有起伏，就像江河沒有彎曲，更像日出沒有雲彩……那豈是大美？在多重挫折和多年苦難中成長壯大的中華民族，如果在舉辦奧運的流程中太過順利，反而會讓我們覺得有悖於事物發展的常理。

山中生明月

天光淺黛，薄暮依依。

暮色裏，有悠悠簫管之聲溫溫婉婉嫋來，有濃濃鬱鬱的桂香自初開的八月輕輕漾來，又有山泉乍出深山石罅，清清泠泠地蜿蜒流來……

細細咂摸，不是洞簫，不是桂馥，亦不是山泉水，呵，是山中明月，正從山埡口，堂堂正正、清清亮亮地向大山裏走來。

山間的洗衣婦，溪河裏的老漁翁，深山石板小路上的牧女樵郎，於杵聲、漁歌、牧曲的交奏裏，靜下來，靜下來聆聽這天地之間長裙曳地的窸索之聲。

山原上，魚鱗松鱗光閃閃；空谷秋蘭於幽幽清芬裏，嫋娜之莖有了一層美麗的光暈；結滿果實的棠梨樹溫靜地守望在半明半暗的斑駁裏，輕輕搖動著晚來的柔風；山地裏，一片又一片的甘蔗園，翠綠的顏色變成一片銀白的了；最神奇的莫過於剛剛翻過的黑土地，於月色下，有許多油黑的顆粒閃爍著晶瑩的光芒。而我長滿許多老樹和小樹，有著許多新房和舊房的小村，此時呈現的層次就是一幅絕好的風俗畫。

年代更迭，日月交替，山月，總這麼從從容容地挪動著步履，懷著耐心，一次次君臨我的小村，一次次花開花落，一次次雲捲雲舒，呵，山月，只有你最清楚我的小村是怎樣艱難地邁出悠長苦澀的村史。

門前，你常年藉以棲息的那棵烏桕樹於一個有風無月的夜裏悄然傾倒。眼下，這些纏繞著紫色牽牛花或綠色扁豆蔓的魚骨天線，並不是那綠葉葳蕤的烏桕枝，而你，竟是一隻戀窠的金翅鳥嗎？你振動透明的羽毛，想像夜鶯那樣唱一支動情的村夜之歌嗎？

烏桕樹你是記得的，它如一樹紅楓，秋來紅葉燦若明霞。那天黃昏，雲空灑落了一陣晶瑩的小雨，雨後，滿樹的烏桕籽，一嘟嚕一嘟嚕地炸開了，潔潔白白的就像滿天的繁星。外婆將綁著快鐮刀的竹篙子，伸長到樹上去，一下一下地拉割著那紅葉間的烏桕籽，烏桕籽賣給藥房裏，可以換鹽、又可以換油，當然也可以買衣裳穿。可那鐮刀沒有綁牢，拉著拉著就脫落開去，鐮刀落在外婆的手背上，那手背馬上就一片鮮紅了。外公和舅舅在田裏勞作，我就充當一個大人給外婆包紮傷口。那一根根青筋暴突的手呵，如一根飽經風霜的烏桕枝，卻居然有那麼多那麼多鮮紅的血漿，外婆的血滴落在地上，地上就多了一片又一片紅葉。外婆不哭，我哭，小小表妹蘭香也哭。那天傍晚，呵，山月，你依在烏桕枝的枝丫上，如一顆又大又透明的淚珠子。

不像今晚，你好俊好美呵。村邊竹地如畫，泊在竹林梢頭的晚風，從長長的山影裏悄悄溜出，如一方柔曼的鮫綃，蘸著你一如奶漿的光乳，擦拭著群山驕傲的額角，擦拭著深山褶縐裏這古老小村酸澀的記憶。路過的秋雁，浮在月的光海之上，留下一串夜歌的貝殼。

好靜好柔呵，小村籠罩於你如銀的清輝之下。小村裏，紫色的扁豆花盛開，潔白的月光花盛開，月桂是不喜歡湊熱鬧的，但是也盛開，一片淡淡的奶黃色淹沒在淡淡奶黃的月光裏。空氣裏好香呵。月光將農家小院照得一片透亮，外婆的竹籬之上，叢叢簇簇，深深淺淺，開滿了秋來的山菊花，這是外婆用她那帶著殘疾的手一株一株地種下的。外婆來拔菜的時候，這些山菊花就向外婆可心地微笑著，紅紅紫紫，淡淡藍藍，笑得好燦爛。於是外婆也笑，順手來一支，簪在花白的鬢髮上，外婆的神情就變得格外寧靜而祥和。

外婆的菜園子對著月下的南山，不知疲倦的外公扛著毛竹從山道上走下來，歇在村路口，做一個深呼吸，將許多月光吸在嘴裏，然後慢慢品味這月光裏粘粘的桂花香。外公總說月光是好東西，如果月光裏再來點野草味，泥土氣或什麼花的清香，那就更對勁了，外公就會像品嘗高粱酒或者蘭花茶那樣品得津津有味。所以，外公在深山勞作，總喜歡到很晚很晚才歇工，在月光底下他要做好多好多的事情……月光雨從他的頭頂斜斜地傾瀉下來，我說，外公，你的眼睛好亮啊！就動手幫他扛起粗粗的毛竹根，外公搶過竹根去，讓我扛竹梢的那一頭，說，你外公的眼睛亮嘞，還不能算老。

村頭月下，美麗的表妹蘭香正在澆園，她手臂優美地一揚，便有叮叮噹噹的環佩之聲傳來。那是她的雨聲，抑或是月光的雨聲。於是，秋來的豆架上，嫩生生的菜秧子上，就綴滿了一個又一個晶亮的五色月亮，美噢！

澆罷園，蘭香表妹便淑靜地守在園邊高高的月桂樹下。她的身邊，堆滿了剛剛摘下的豆角、絲瓜，還有紅椒和青菜。村路的那一端。是一條彎彎蜿蜒的土公路，在月光下閃著迷濛的白光，鄰村的一個小夥子，將沿著這條山路，將他自己的小貨車開過來，好將蘭香表妹的收穫裝上明天的早市。融化在月光裏的桂香，從月桂樹上濃濃地滴落下來，滲透在樹下的瓜菜堆裏，這樣，本來就很鮮嫩的瓜菜便有了月桂的清芬，明兒市上，你瞧這瓜菜美不美吧。

這個開車的小夥子我沒見過，於是我就問蘭香表妹，他，好嗎？蘭香表妹抿著嘴，兩顆生動的眼睛在月下晶晶一閃，我便從這雙眼裏讀懂了她少女美麗的羞澀。

舅母在這山裏是做豆腐的一把好手，日間磨好豆子，夜晚開始篩漿。她圍著一條潔白的圍裙，圍裙上沾滿了嫩嫩的豆汁，因此圍裙看上去和月光一樣潔白無瑕。她將拎來的溪水和月光一同灌進紗袋，嘩嘩的就有月光一樣的豆漿清淩淩地流下來，流成她的歌，流成她的歡笑，流成舅母一家月光一樣潔白芬芳的生活。

我陶醉地說，舅母，我乾脆辭了工作，來山裏跟你後面學著做豆腐吧。舅母說，來吧，這山裏方圓幾十里的村子誰不愛吃我做的豆腐，三年叫你成暴發戶，銀行裏儘是票子，行啵？舅母是曲解了，我不定非成暴發戶不可，但我羨慕這充滿詩意的勞動生活……

月漸高了，山溝裏，夜氣如煙如縷，輕輕飄成潔白如帶的山嵐。躺在這樣的明月之夜，一點睡意都沒有。聽窗外秋風絮語，院裏蟋蟀彈琴……，葡萄架上，有月光和夜露的滴答之聲，真是一種絕好的享受。這時，外公來敲我的窗扉，發出細雨打芭蕉的聲音。他要我陪他去山地蔗園去下獾夾子。我一聽高興極了，一骨碌爬起來就跟著他走。

村夜，好靜呵，聽得見欄院裏老牛反芻的聲音，聽得見月光在靜靜流瀉；我和外公的腳板拍打在山階上，聽來格外清晰；山泉叮咚著夜曲；融和著如銀的月光一直流進人們的夢裏。

下好夾子，夜氣微涼，外公帶我就守在蔗園的人字棚裏。棚外，泥土香、草葉香陣陣襲來。秋風令人沉醉。夜風下輕湧波浪的甘蔗園，一片月色如霜。外公說，只有經了霜的甘蔗才會變甜哩，可是現在還不到下霜的時候，甘蔗憋著勁正在田裏拔節哩……你聽，拔節的聲音……呵，山月，外公的話好叫我感動，我真的靜下心來，認真聆聽著這夜的山原上一片搖蕩著的月光之歌……

美人鼻子

我不知學校在哪裡搞來了一車洗衣粉，我和老杜奉命給送到小嶺鐵礦去。

在那裏我第一次見識了美人峰，我和老杜肅立在小嶺的群峰之下，在這位曠世美人面前我說不出一句話。

我無法用語言描繪她的美麗，我害怕自己的大俗會驚擾她的大雅，百般流連，深鞠一躬，我重新躲進俗世……

而此後再無機緣去見識一下這位美人，可心中對她的嚮往卻又是那麼真心。經過十五年的百般思慕煎熬之後，在一個陽光很好的下午，我帶上相機，去尋找這位心儀已久的佳麗……

我覺得我們之間，應該有一個無比美麗的相約。

車子徑直向前，我的眼睛一直在急切注視尋覓，司機說：「到了嗎？」

我很困頓，我也不知是到了還是沒到，因為那尊女神始終沒在我的視野裏出現……

這樣車子好像就開到了礬山，我發現不對，又重新打道回頭，在一個似曾相識的地方歇下，這才發現過去的小嶺鐵礦早已更名。

我下車，抬頭仰望，在一朵朵蓮花般的雲霞裏急切尋找那尊嫻靜優雅的美人，可是，我看到的卻是……卻是一個花容不再的垂垂老嫗……

我驚訝無比，我不知道為什麼鍾靈造化的美人一下子會變成這樣？

路邊播種的老農告訴我，山都被破壞掉了，山頂上的那棵古樹本來是美人的鼻子，現在早就被村民砍伐了……失去了鼻子的美人，你完全可以想像……

我一屁股坐到了地上，幾乎要淚雨滂沱……

我只知道人類會老，我沒想到的是自然也會是這樣，而且，她老起來竟然比人類還快……

有個文友告訴我，說他到九寨溝去，早上出發，在溪澗邊見到一棵風韻無比的黃櫨樹，上面有隔夜的露滴，在初陽下，像一個麗人風情萬種，他讓司機停一下，好給她照張相，可是那些遊客都說：「你急什麼急，現在是趕路，回頭再照也不遲。」

他想想也是，就沒再堅持。可是等到下午歸來，他下車，這才發現，這棵樹經過一天的曝曬，露水已乾，葉子搭拉著像一位老婦，風韻蕩然無存……

他的失落一定不亞於我，我完全理解他當時的心情。

而現在，我只想到小嶺的美人峰上去栽一棵樹，那怕在小樹長大的過程中我已老去，但我思慕的美人卻是依舊年輕……

伍、寂寞流蘇

有位詩人說過，生活就像一棵寂寞的洋蔥，儘管平凡無奇，但只要一層一層地將它剝開，總有一層會讓你流淚。

你不得不承認，這是真的……

遊褒禪山記

我們到褒禪山的時候，正是秋末冬初，滿山紅葉，燦爛亮眼。踏著古人王安石先生走過的足迹，我們來此尋幽探勝，發思古之幽情。

慧空禪院經千年風雨，已蕩然無存。山下有一磚瓦結構的平房，門扉虛掩。輕推，裏面是一尊微笑著的彌勒佛坐像，這種不倫不類的建築，可能待以後再作開發。但這絕不是慧空禪院的舊址，王安石說慧空禪院東五里才是華山洞，而此小屋距華山洞不過百米之遙。書上所說的那個仆碑仍在，但早已斷裂為數塊，最大的一塊也不過磨盤大小，上乾淨無字。聽知情人介紹，這塊曾經可識「花山」二字的仆碑毀壞於文革期間，一同被毀的還有山頭的兩座佛塔。大家聽罷，一陣感歎唏噓，半晌無語。

前洞平平，中空無物，洞畔有清泉激石，泠泠作響，一路潺湲而下，環抱著山下美麗的小小村莊，村莊安靜如遙遠的宋代。其洞陰森，深不可測，入其洞，又一小洞，過小洞，另有一番天地。但身體稍胖者極難越過此洞，因王安石先生不曾記敘過這個小洞，所以大家都把興趣集中在後洞上。「由山以上五六里，有洞窈然……謂之後洞。」其實，書上的五六里不過是一個虛數，前後兩洞的距離實際也不過百十米的樣子。王安石先生之所以說成是五六里，可能是行文的需要，「險以遠，則至者少」，不突出遠，無從發表議論。

到了後洞，我們手持蠟燭、電筒，相繼接踵而入。洞甚大甚深，而路甚難走，偶有水窪，加上腳下石頭的磕絆，半小時也不過走了二三里路的光景，手上的蠟燭尚有四分之三，而洞絕沒有窮盡的意思。估計早已超過了王安石當年走過的路程，大家心下逐漸懈怠，而頭上汗如雨下，早已疲憊不堪。洞雖窈然，而實則無甚景象，除了偶有洞壁的滴水之聲和三兩蝙蝠的振翅之聲以外，並沒有什麼可以引人入勝的地方。總體的感覺，彷彿是一條臥龍由此騰空而留下的一個空穴。其時，超前者亦已持燭返回，說前面的景象也不過爾爾，可見王先生所說的「其進愈深，而其見愈奇」也不過是虛張聲勢，為發表見解張本。而後學者多認為此處之「奇」不寫，正是王先生的高明之處，而我覺得，王安石若能夠寫出洞中之奇，那才是生花妙筆。一篇文章，多寫一兩句，也不至於就會埋沒了主題。

出得洞，山風微拂，渾身透爽，夕陽西下，彎月在天，景象如畫。大家沿彎彎山路逶迤而下。想山因人名，而名人亦有謬處，後世以謬傳謬者亦多牽強附會，不身臨其境難解其謬也。

同遊者：皖中重點中學聯誼會諸位同仁。

公元一九九五年十二月某日盧江王某記。

你有幾種選擇？

《南方周末》上有一篇文章叫〈你會如何選擇〉，大意說的是有一群孩子在鐵道上玩，而那條鐵道上有兩條軌，一條還在使用，一條已經停用了，但只有一個孩子選擇了那條已經停用的鐵軌作為自己玩耍的場所，其餘的孩子都到那條還在使用的路軌上玩去了，而此時，正有一輛火車開了過來，文章問：如果你是扳道工，當一切呼救都來不及的時候，你該如何選擇？

是的，我們該如何選擇呢？如果讓火車駛上正軌，那麼就會有很多孩子慘烈地死去，為了拯救他們，就要將火車扳上已經停用的路軌上去，但那個選擇正確的孩子就要為此做出無謂的犧牲，仔細想來，這並不是一個輕鬆的話題。

我將這篇小文打印出來，讓我的學生接著往下寫。在我看來，這個選擇至多也只有兩個，要麼讓火車繼續駛正軌，要麼將火車扳到已經停用的的路軌上去，其餘別無選擇。可是出乎我的意料的是，我的學生遠遠比我聰明，為了拯救這一群孩子，他們想出的方案至少在十種以上。

第一種結尾是：扳道工毫不猶豫地將火車的道岔扳上已經停用的那條軌道上去，因為他知道，那個選擇這條停用的路軌來作為遊戲場所的孩子無疑是孩子當中的最優秀者，他的選擇肯定是對的，那麼，就讓他在飛馳而來的火車面前再作一次生命攸關的選擇吧，也只有他，才能經得住如此重大的生命考驗。果然，結果是皆大歡喜，扳道工和那個優秀的孩子的選擇都成功了。

第二種方案十分悲壯：扳道工猛然發現，在停用的那條路軌上玩耍的孩子原來是自己心愛的聰明的小孫子，為了不讓更多的家庭擔負失親之痛，老扳道工眼一閉，心一橫，就將道岔扳上了那條已經停用的路軌上……

第三種選擇是這樣的：當扳道工將火車扳上停用的軌道時，他突然發現，有一個迎面走來的女人奮力將那小孩推下了軌道，她的紅風衣在秋風中飛揚，向世界展示著一種無與倫比的美麗，年輕的扳道工跑過去，才看出那是他從城裏來探親的未婚妻，她倒在血泊中，臉上露出欣慰的微笑……

第四種也真是別出心裁：那個扳道工看到火車已近，呼救不及，情急之中，他取下牆上的獵槍，向著晴空扣動了扳機，四山回應，空谷和鳴，孩子們一下子明白過來，四散逃了開去……

另有一種結尾充滿哲思：扳道工心裏在想，生命的意義在於質量而不在於數量，能夠從小就做出如此選擇的孩子將來一定有大出息，這樣的孩子絕不能讓他去死，就讓我來做一回上帝吧，讓那鮮亮的色彩來換取一次人們的沉思，也好讓人們記住這血的教訓：選擇不對有時就意味著死亡。

還有一種方案是讓扳道工為救孩子而勇敢獻身；又有一種結尾是扳道工淚如雨下，不願直面這無比殘酷的現實；更有一種充滿了幻想色彩，火車臨近孩子之時，車前有一種裝置能夠自由伸縮，伸出成立交橋狀，從而使孩子們能夠倖免無難……

其實，令我驚喜的並不是我有了這麼多意外的天才的結尾，而是我能夠從這些不同的方案中看出了我的學生各自不同的個性，言為心聲，一個結尾雖小，反映出來的性格特徵應該是真實的，我將這些結尾分門別類，大約可以分為果斷型、堅強型、勇於犧牲型、智慧型、價值型、逃避型以及幻想型……

《論語》上記著這樣一件事：孔子的學生子路向孔子討教事情，孔子說，這件事你不能做；而後冉有來討教同一件事，孔子卻說，這件事你一定要去做！公西華對老師的做法不懂，同是一件事，為什麼要分別不同對待他們呢？孔子說：子路膽大，凡事要抑著他點，冉有膽小，凡事要撐著他點。我想，孔子的這種做法大約就是我們現在所說的因材施教吧，那麼我想，為人師者，面對那麼多性格不同個性豐富的學生，我們又有幾種教法值得選擇呢？

活著

早上，我剛出門上班，一直在扶牆晨煉的退休張老師突然叫住我，滿臉喜色地告訴我說：「王老師，我告訴你一件喜事……」

張老師曾是我的同事，也曾是我的學生家長，當年她一邊上班一邊帶孫子上學，身體還硬朗，現在因為年事已高，身體老病著，說話有點斷續，聽她說我也高興，不知道她家有什麼喜事要跟我說。誰知她的下文竟然是：「我花了一萬六千塊錢，終於在治父山買到了一個墓穴……」

那時候，我的心一下子掉進了冰窟裏，一時竟不知該說什麼好！買到了一個墓穴，居然當作喜事要告訴我，我心裏不由得充滿了悲涼。

一上午，我都沒有心思做事，我在想，這人活著，到底有什麼實在的意義？我們做教師的教學生學習各門功課，再難的題目也能折騰，可是卻說不來也參不透人生的意義，面臨學生的提問，有時因說不好而磕巴，有時因說不準而心虛，這著實有點讓人覺得不可思議，同時也感到十分悲哀。

要是在過去，我會毫不猶豫地說：「人生的意義在於……！」我可以說出一打的大道理。可是這能使人信服嗎？

面對紛繁多彩的生活，我們該怎麼想，怎麼說？

這時候，妻子打電話來，說：「中午的菜我已買了，我在路邊看到有個鄉下人在賣地膽，聽你說過，你的學生有的還不知道什麼是地膽，於是我就買了，你回來早一點，幫我掐一掐，再留一點給你做標本，好讓學生看一看……」

那時我的心裏有了一種美好期待的幸福感，好長時間沒有吃過這綠色的地膽了，它只生長在雨後的草叢裏，沒有污染，也沒施過化肥，和青椒或芥菜放在一起燒，味道好極了。

本來還很蒼涼的心裏突然有了一種溫暖，心情好了很多，起身倒茶，看到窗外的小麥香開得很燦爛，有個同事正站在花樹下向我招手，說學校通知晚上有個招待會，有個名叫克魯麗絲的英國女教師要到學校來交流座談，到時候我要應邀出席。

我老早就想瞭解一點有關國外的中學教育，可是沒有機會，現在好了，人家送上門來，晚上無論如何也不要錯過這個機會。

這樣想著，心裏早就將張老師的事情忘到了九霄雲外，因為我的生活正在向前，有著許多的生機和等待。

我想，等待是一種意義！

那天，有個學生告訴我，說小城西邊有條路修好了，是仿鄉間的小路做出來的，彎彎折折，曲徑通幽，兩邊還栽種了許多巴根草，棠梨樹……我聽了心就癢癢的，就想找個時間帶學生過去走一走，吹吹晚風，看看夜月，在草地上坐一坐，說說古老而迷人的小城故事，回味一下久違的鄉情，體味一下生活的美好，回來讓大家再寫一點感想，那該多好呵！

作為一種美麗的計劃，一直擱在心裏，尚未找到契機，但卻成為了我生活中一種美好的懸念，這個懸念像個豐碩的果實，常常填充著我生活中的每個空暇，並不斷試著品嘗它的滋味。這種滋味讓我充盈無比，甘甜無比。

讓我充盈的還有每年高考過後，我們等待著揭榜的那一刻。播種了三年，耕耘了三年，精心呵護了三年，三年風雨，三年坎坷，一千多個日日夜夜，其中甘苦自是一言難盡，這是收穫的季節，這是一個金色的秋天，在這個巨大的等待與懸念裏，我們的心不斷地接受著煎熬。我小心翼翼地將每個考生的號碼輸入電腦，然後像對待春苗出土那樣來估計著他們的力量，那時候，成長的時間變得那麼直接，那麼短暫，又是那麼伸手可觸，我甚至一伸手就可以觸摸到那些蓬勃而上的綠葉，以及從綠葉上輕輕滑過的微風。那時間，我的心會變得無比脆弱，因為我知道，儘管播種與收穫常常成正比，但在這個季節裏，它的答案卻常常是無情的兩個。

儘管如此，我們還是願意面對現實，無論是喜悅還是惆悵，我們都會坦然接受，我們的一切付出都會顯示出價值。

因此懸念，是生活的另一種意義。

有個哲人說過，人生的意義不過是像僧人手上拿著的一串佛珠，是那麼平常，它是由人生的一個個等待和一個個懸念組成，人們就拿捏著它，走過自己的一生……

而對此王蒙先生則說得更為詩意：讓一個個平凡的日子都來吧，讓我編織你們，用青春的金線和幸福的纓絡，編織你們……

於是生活裏便有了歌笑、歡舞，便有了信念和爭論，便有了眼淚、歡樂和深思……然後，我們對著再重的擔子，腿都不會發軟……

這實際上就是說，人生的意義在於平凡！

做人師的，他在學生的眼裏再偉大，但絕對是平凡得不能再平凡的一個，在這大千世界，實在是多一個不多，少一個不少，但我們和一切人一樣，有著自己的眼淚與歡笑，有著自己的信仰和追求，我們人生的全部意義，也和大家一樣，充滿著平凡，在平凡的生活裏不斷地出現著等待和懸念……

等待一朵花開，期待一個學生的進步，巴望兒女的成材，嚮往社會的和諧……都會構成一種親切的懸念，有了這種懸念就會有熱切的期待，有了期待，生活就有了光明和希望，有了光明和希望自然就會有豐沛的激情，有了激情當然就渴望創造，而創造和奉獻是一對孿生兄弟，這樣的人生當然就有意義……

可是，當一切懸念解開，當一切等待消失，我們的人生就會失去意義嗎？

於是我又想起了張老師，她是那麼平凡，像一棵不動聲色的小草，教了三十多年書，一生不知教出了多少學生！年輕時養兒育女，退休後勤儉持家，她真正為教育為家庭奉獻了自己的一生，現在，她老了，學生遍佈四面八方，自己的兒女也都成人，最後卻微笑著說：「我該走了……」這是多麼豁達的人生！她問心無愧，並昭示著我輩，人生，就要像她那樣平凡，像她那樣充實，又像她那樣達觀……

這樣想著，我的心裏馬上亮堂起來，只要像她那樣地活著，人生的意義又何須去問！

借錢的女孩

有個很清純的女孩子大學畢業了，就業時需要不少錢作就業基金，她家裏還有個弟弟正在上高中，媽媽又下崗，哪裡還能拿得出許多錢來？她東挪西借，實在無處再伸手了，於是她就打電話給我，說王老師能不能借我一點，當時我想這個忙應該要幫，就答應借給她一千，我說你晚上來拿吧。

妻子下班，我將這個事情對她說了，妻子當時一楞，說，您充什麼大頭，你自家的孩子還要用錢呢。現在有誰像你這麼慷慨向外借錢的，有事總得和我先商量一下吧。

我覺得妻子說得對，但我說：「我是這個女孩子的語文老師，平時我在班上講做人的道理，但到了關鍵時刻，一點兒忙也不能幫，似乎說不過去。給我一點面子吧，因為我已經答應人家了，並且晚上就要來拿。」

妻子硬說不行，我看情況有點糟糕，就說：「那麼就借五百吧。這點面子總是要給的。再說一個學生向老師開口借錢也要付出好大勇氣，尤其是一個女生，不容易的。」

妻子猶豫半晌，最後說：「那麼好吧，五百就五百。但只此一回，下不為例！」

我想了一下，又跟妻子說：「我答應她說借一千，結果你借五百，我不好向學生交代，晚上我就出去散步，一切由你來安排吧。能解釋最好向她解釋一下。」

結果妻子將一張五百的存單和我的身分證給了這個女孩，讓她自己到銀行去取。聽妻子說，因為老師答應是借一千的，五百多少有點讓她失望。

第二天她又來了，是送身分證，我正好在家，她說老師五百真的不夠，最好你帶我到其他老師家去再借一點。這樣我又帶她跑了七八家，家家都有一本難念的經，哪裡有閒錢外借呵，最後我只好帶她到了她過去的班主任張老師家，張老師就拿了五百給她，她這才高高興興地走了。

當時她說要打借條的，我們堅決沒要她打，自己的學生嘛，哪有這個必要。

事情過去有七八年了，這女孩子一點兒信息也沒有，就是連一張節日問候的明信片都沒有寫來過，也許，可能是因為忙，也可能是為著自己的生活還在奔波。現在的都市生活多難呵。我和張老師有時也提起她，心裏還在惦著這個瘦弱的小女孩，不知她的那一片天空是否還蔚藍，但願她能夠過得好。

可是閑來的時候，我的同事們常常提及此事，都說我和張老師是書呆子，是大傻瓜，給別人騙了倒還說得過去，給自己的學生騙了，不是書呆子大傻瓜又是什麼。

大家都說自己高明，當初就看出這女孩有騙的意圖，沒有借錢給她，真是幸甚幸甚。

我和張老師一直都在為這個女孩辯解，自始至終都不曾有一句怨言，人人都有艱難的時候，就是這女孩沒錢來還，那又有什麼要緊，自己學生就跟自己養的一樣，作為師者，這的確不算什麼，少抽一支煙，少喝一口酒，就什麼都有了。

也許她目前還難，也許她的一口氣還沒喘勻，但在她努力奮發的人生過程中，她不會不記得曾有教過她的老師幫過她一臂之力，她會因此而感到溫暖，就會多一份人生的動力，我想，這就夠了。

樂在其中

妻子是小學教師，遇到學生識字組詞往往感到十分頭痛，練習都是書本上設計好了的，但不合理的居多。像「首」字，要求學生以此作偏旁部首構成兩個字，實際上這只能構成一個「道」字，第二個再不好找，查字典找了一個「艏」字，似乎並不常用，學生因此也就記不住。還有一個練習是用「太」字組四個詞，有個學生第一個組的是「太陽」，第二個組的是「太太」，第三個組的是「大太太」，第四個組的是「二太太」。學生小，畢竟知識有限；而用「房」字組詞，另一個學生查字典組了三個詞：「房子」、「房間」和「房事」，學生什麼也不懂，哪裡知道這個「房事」指的是什麼？因為是查字典查到的，你總不能說他就不對。因此，妻子跟我說：「你不是會編詩嗎？能不能給我編點通俗健康的兒童識字課文，將一些相類的字和詞編到一起，讓我在教改班試用試用。」

得了將令，我也真的就當回事幹了起來。我選取了一組字族如「垂、捶、錘、陲、棰、睡、唾」，編了一個兒歌〈好好睡〉：「木的做木捶，鐵的做鐵錘，當兵的叔叔守邊陲，風洗臉，沙捶背，一口唾沫也珍貴，平安之夜夜幕垂，小妹妹，好好睡！」

妻子在班上經過教學實踐，效果很好，她鼓勵我繼續做，於是我又編了一些。恰好中國青少年發展基金會和《中國教育報》共辦「字族文大獎賽」，妻子給我選了一組字族文寄了過去，結果〈駿馬愛草原〉獲了個三等獎，〈單字不孤單〉獲了個優秀獎，除了獎金之外，還有十盒正版的少兒ＶＣＤ，我說，這真是意外的收穫，妻子則說：「並不意外，因為你為此付出了辛勤的勞動，天道酬勤嘛。」

當然，初編字族文之時，不一定就想到要去投寄得獎，苦是苦點，但其中樂趣也是一言難盡，特別是看到妻子在教學中的那種成功感，我也就感到無比欣慰。

阿嬌

阿嬌到黃陂湖小學報到，是小菱撐船渡她過水的。看到阿嬌明媚的臉色，小菱的心很熨貼。

小菱划船穿行在一片碧水荷風裏，漫天荷香沁人心脾，正在盛開的荷花別有韻致，好像為阿嬌而開。阿嬌張開燦爛的笑臉，滿面水色蕩漾著驚喜：「這麼美麗的地方，怎麼沒人來教書？」小菱說：「我不曉得……」她用手撥弄荷叢，從水面撈起一嘟嚕綠色植物：「怎麼不結菱角？」小菱笑著說：「這不是菱角菜，是水浮蓮，菱角要到八月才會飽滿哩。」阿嬌很含羞。

天，藍得很。水，清得很。小菱說：「阿嬌，你就摘一支蓮蓬嘗嘗新吧。」阿嬌就順手摘下了一支蓮蓬來，剝開，那清香甘美將阿嬌逗樂了，笑意隨水波蕩漾。

阿嬌到水鄉來教書，可她不會玩船，也不會水，村支書就讓小菱專門給阿嬌當船手，那模樣，有點像陸地上的小車司機。小菱心裏想：阿嬌還真是個人物呢，臉上挺不情願。村支書看出來了，訓小菱：「人家一道分來的有三個人，可那兩個跑深圳珠海去了，只有阿嬌願意來，你小菱要是不好好服侍她，當心我擰掉你的麻花辮……」村支書這一說，小菱心裏對阿嬌不由產生了敬意，現在能看得起水鄉的人還真不多。

這樣，小菱就用船載著阿嬌挨村挨戶去送教。她上岸，小菱就坐在船上，看孩子認認真真盯著那塊小黑板。

水鄉的孩子姓水，浪性，哪會像阿嬌想像的那麼簡單？小菱看到那些泥娃子不知從什麼地方竄出來，一身泥巴蛋似的，阿嬌拉他們上課，順勢一蹭溜，阿嬌潔白的連衣裙上便出現點點汙黑。小菱想上去幫幫她，又不忍心看阿嬌如此難堪，就將船划到荷葉裏，一面採著野蓮蓬，一邊等著阿嬌。直到鬧鐘鈴聲響起，阿嬌才招手上船。小菱將她渡到荷花深處，幫她撮洗那心愛的白衣裙。「你看沒人吧？」小菱說：「沒人。」阿嬌便解下白衣裙，徹底洗一下，晾在船篙上。陽光金金地撒在水面，清風徐來，阿嬌的衣裙嘩嘩擺動著就像旗幟。小菱將船划得很慢，好讓阿嬌在到達另一個漁村的時候，就能穿上乾爽的衣服。

阿嬌理解小菱的一片好意，說：「小菱，讓你這麼個大姑娘特地為我划船，真不好意思。」她會搶過槳去，說：「你教我划。」划船其實並不難，難的是在這片水域獨自行船的膽量，划船可以學會，而膽量是學不會的。老實說，小菱有點小看阿嬌。

常常，一堂課教下來，阿嬌不是滿頭的汗水，便是滿眼的淚水，小菱知道，這苦頭和委屈的味道不是好嚐的。行船在水上，小菱跟阿嬌打趣說：「阿嬌，就讓我順著這條水路一直把你送到深圳海南吧，省得你留在這裏吃苦。」

阿嬌坐在船頭，荷風拂亂了長髮，她撩一撩，看著小菱說：「其實我也很想到那邊去，能掙錢，生活也豐富了。可是我也真的害怕大都市，有精彩也有無奈，找一份工作就那麼容易嗎。聽你這一說，也許我真的就會走……」

就在阿嬌想走的那一天，小菱的哥哥放假從大學回來，小菱和阿嬌一道下船走上水埠頭，哥哥很帥的樣子，一照面，小菱就發現阿嬌的眼裏流動著動人的東西，小菱比阿嬌小，可她眼裏的東西小菱懂。

後來的事你就別說了，小菱也不知道阿嬌和哥哥是怎麼說到一起的，兩人常常划船到湖心去，直到月上柳梢時才雙雙而歸。小菱想，就讓哥哥將阿嬌帶走吧。

小菱的哥哥再去上學時，兩人已經是依依難捨了。阿嬌跟小菱的哥哥說：「水鄉好美呀，你好好唸，我在這裏等你回來……」

兩人就像小孩子過家家那樣認認真真地勾了手指頭。

小菱想：「這恐怕就是愛情的力量……」

這樣阿嬌就真的不走了。她到水鄉的日子並不是很長，但人緣卻挺好。小菱送她到曹渡，曹渡的鄉親就說：「阿嬌老師呀，我們正在蓋學校哩，總不能讓你老在水曲柳下上課呀。」

小菱送她到胡埂，胡埂的船老大就說：「阿嬌呀，我們正在改一個大船哩，改成教室，讓你風裏雨裏也好有個避處哇。」

那時，小菱看阿嬌，發現阿嬌分外動情。

就在曹渡學校落成那天，小菱照例划船去送阿嬌。但阿嬌卻身穿海藍的泳裝正和一群孩子在水裏嬉戲。見到小菱，她向小菱的木船游來，說：「小菱妹妹，從今天起，我不能再要你送我了，把你省下來，辦一些更要緊的事。」見小菱驚訝，她又說：「這些天，我學會了游泳，船也偷偷地划出了點門道，你哥哥還教了我兩手絕招，真有什麼閃失，水也淹不死我。」

小菱認真打量著阿嬌，說：「阿嬌，實話說吧，支書早想調我去搞水產，水產搞好了，才有錢。支書說，為了阿嬌，我們也要拿出錢來好好地辦一辦教育。」

阿嬌很感動：「這下，總算把你騰出來了。」

小菱說：「只是沒我這個好船手給你划船，大家都會放不下心。」

阿嬌說：「沒事的，我就划給你看。」

孩子們紛紛爬上船來，坐在小菱的周圍，阿嬌擺開架勢，蕩起了雙槳，小小木船便緩緩地優美地穿行在無邊的碧水荷香之中。

頭頂藍天麗日，迎面吹來的，是夏日涼爽的湖風……

歲月留痕

清晨，我和往常一樣起得早，東天晨光未露，彎月如眉。在微涼的晨風中我先到操場，點名看操，然後到班上看學生晨讀，還將簽上我名字的班級日誌發給值日生，有個同學昨天因為沒有請假而曠課，我找她在走廊上談了一會，其間還吩咐語文科代表將該交的作文收齊了，並讓打掃衛生的同學擦去了走廊上一個不太顯眼的污漬……一晃眼的功夫，早晨的陽光已經照亮了整個校園，一個瑣屑而平常的早上像一片靜靜的落葉，無聲無息地飄落在我走過的時光小路上。

而我好像什麼也沒做，就匆匆走進了上午的課堂，這是一堂示範課，教室後面坐了不少人，有我認識的，也有我不認識的，我上的是朱自清的散文〈荷塘月色〉，這一課我上過很多回，每上一回，我都會有許多新的體會，我就毫不保留地將這些新的體會說給我的這些同行朋友們聽，他們有的對我微笑，有的對著書本沉思，也許，我的這些體會有些幼稚，但是我知道，如果沒有我的幼稚，就沒有別人的成熟。所以我無所顧忌，只管盡情揮灑。整個課堂都沐浴在一片寧靜的荷香月色裏。朱自清先生真好，能夠給我們後人這麼多天庭的月色，人間的清香，而且如此深長悠遠。我們的心被洗沐得一如湛藍的晴空。

下課後，有幾個同學圍上來，找我要課文裏提到的樂府詩〈西洲曲〉，也有的同學問我什麼是通感，陽光將走廊照得一片明亮，校園的風從我的書頁和同學們的黑髮中穿過，有著一種沁人心脾的涼爽。那時，我聽到背後有人在叫我，聽課的同行們在等我去座談，這對於我來說，肯定會有許多新的收穫……

誰能真正說得清我的一上午是怎麼過去的，但我卻感到很充實。回到家，開門的妻子定定地對我看了一會，說：「你頭上有白髮了！」我說，不會吧，也許是粉筆灰！走到鏡子跟前一照，是的，是白髮，而且不止一根。那時，我有點感傷，對著鏡子默默無言，雖然我知道人老是自然規律，但我卻是如此害怕白髮的出現。我真的有點認不出自己了。

歲月是如此匆匆，我每天在宿舍、教室，教室、宿舍；學生、作業，作業、學生的基本模式中走過了一天又一天，而我卻還覺得自己才剛剛大學畢業，還很年輕有為，妻子卻說，這樣的生活是不是太呆板了一些，太平淡了一些？我覺得你們當教師的有點像寒梅，清寒而孤傲，為等一次花開，要受多少風霜之淒苦，守候之寂寞，可是，其中又有幾人能成名師？又有幾個學生能夠記得你們為師的恩惠？

當教師的非得要讓學生記住自己的恩惠嗎，我覺得妻子說的並不對，但我真誠地期盼過輝煌卻是事實，就像清瘦的寒梅期盼著花開，可是，校園歲月，總是輕輕的，如雲；淡淡的，如菊。真正屬於我的輝煌，恐怕也就是一堂上得比較好一點的示範課，得到別人比較好一點的評價，送走幾個比較好一點的畢業生而已，但是，這樣難道還不夠嗎，我相信這個世界上有很多和我一樣的人在默默工作，難道這不是一種奉獻？儘管這種奉獻的形式是以每一天的平凡和瑣細來表現。雖然，我沒有考究過奉獻和輝煌是不是可以劃等號，但我卻為此感到自豪和滿足。

今天和往常一樣，也注定瑣碎和平淡。下午，送報紙的來了，那時我正在備課，我遇到了一個小小的難題，是伯夷和叔齊該不該食周粟的問題，不食周粟，卻在周土上采薇，采薇也是為了充飢，二者的性質是一樣的，當他們倆悟出這一點，只好餓死在首陽山。韓愈是讚揚他們的，但現代有人卻不喜歡他們倆，認為活著最重要，誰的觀點好呢？對於學生的提問我該怎樣解答？於是我打開報箱拿出報紙，看看能不能得到什麼啟示？報上沒有什麼，和我的生活一樣平淡而瑣碎，倒是新到的一本語文刊物上有我撰寫的一篇論文，我為此而感到幸福，這是以另一種形式和我的同行們探討教育教學，這多麼好。報紙裏還夾著一張精美的明信片，是一位畢業已久的學生寄來的，語少而情真：「老師，幾年前的今天，是你將我從網吧裏拽出來，將我拉上了成才之路。明天，我就要到檀香山去實習了，距離你遠了，但我永遠記著你令我幡然醒悟的這個日子。」空白處，畫著一束小花，還有一顆小小的心形圖案。說實話，類似這樣的事我做得太多了，學生畢業了我也就忘了，但可貴的是他卻還記著我。

晚上，高三（G）班的幾個同學來邀我去參加他們的畢業晚會，他們的老師病了，我帶過他們一年課，和同學們結下了很深的情誼。按他們的話說，晚會是非得參加不可的。教室被他們裝扮得很漂亮，氣氛很溫馨，一顆顆彩色糖果，一張張馨香的小紙片，上面寫滿了祝福的話語。晚會最高潮的時候，樂曲換成了〈長大後我就成了你〉，科代表出場，代表同學們向各科老師道別祝福，其語殷殷，動人情腸：「將來無論我們走到哪裡，親愛的老師，我們都永遠敬你，愛你！」

晚會開到熄燈的時候，天色很藍，星光很燦爛，夜風輕柔綿軟，吹拂在我們的身上和臉上，我和一些同學們走在校園的甬道上，祝語綿綿，依依難捨。

有位同學說：「今晚真美！」

另一位同學說：「老師，我想吻你一下。」

沒等我回應，她就踮起腳來，對著我眼角的魚尾紋和頭上的白髮深情一吻：「老師，感謝你多天來對我們的真情付出。」

然後，他們對我揮手告別，雜遝的腳步逐漸消失在美麗的夜色裹，看著他們的背影，我真誠地祝福他們。並為自己有這樣一個平凡瑣碎的工作而真心感動。

有位詩人說過，生活就像洋蔥，儘管平凡無奇，但只要一層層地將它剝開，總有一層讓你流淚。

我想說，是的……

長滿青藤的江南小巷

這條小巷，靜靜地躺在江南的四月裏。

小巷的兩邊，懸掛著一些紫色藤蘿，空氣裏飄散著幽幽的茉莉花香。青石板路上，零星積貯著一些春天的雨水，亮亮地倒映著小巷上空明麗的藍天。我踏著腳下的石板小路，心情寧靜而且輕鬆。小巷深處，紫藤花掩映的古典瓦屋裏，住著我的論文指導老師。在我的想像裏，我的老師年過花甲，鶴髮童顏，可是一見面，她，竟是一個娟秀得如同一首宋詞的年輕姑娘。

她秀髮披肩，兩眼清明亮麗，經過短暫的驚訝之後，我還是恭恭敬敬地遞上了我的論文提綱。她對我微微一笑，然後親手給我泡製了一杯濃郁的江南茉莉花茶，杯子裏，茶色青青，江南的春天浸泡在裏邊，耳畔有春歌陣陣。

等我第二次去時，我的論文提綱上寫滿了許多娟秀的小字。我年輕的女老師以她特有的細心和淵博的學識對我的論文提綱提出了許多寶貴的修改意見。那時，在老師美麗的注視裏，我滿臉酡然。

江南的春天變得格外的美麗迷人，我萬分珍惜這個短暫的春天。為了論文上的一些問題，我總是不斷地來到我年輕的女老師那裏去討教，我喜歡聆聽那種清麗的聲音，泠泠如春水流淌，這種聲音使我的靈感源源不斷。臨河之窗，常有槳聲划出水意，迷離的煙柳將老師的小窗渲染成詩意盎然的圖畫，偶爾有幾句越劇的清軟之聲凌空漾來，和著柳上的出谷新鶯，我的論文因此而靈氣四溢。

暇時，老師也問及我的畢業去向，說一些生活話題，放些音樂輕鬆一下：〈太陽島上〉旋律妙曼，〈美麗的心靈〉新潮雅潔，〈金梭與銀梭〉活潑清新，還有〈青春圓舞曲〉的浪漫抒情：「藍藍的天空像大海一樣，廣闊的大路上灑滿陽光……」我感受著江南春天的美好，我體味著江南小巷靈秀而豐富的內涵，那時，我的心像江南煙雨一樣，美麗而又迷惘……

那個時節，我的心中珍藏了一個美麗而親切的名字，我對任何人都不說我的論文指導老師是誰，包括我最親密的學友；我也不打聽我的女老師畢業於哪裡，家裏有些什麼人。我只知道，我的教師清純美麗，學識過人，芬芳的舉止和如蘭的氣質裏透著濃濃的人情。她對我真情的輔導和友好的微笑令我心跳不已，浮想聯翩。

江南小巷，春天的氣息沉醉了一個年輕大學生青春的心靈，使他眼前的世界變得無限美好。

然而，交論文的日子還是那麼快地說到就到了，那天正是農曆端午節，老師和她剛剛下班回家的母親特地為我做了許多端午粽子，潔白的江南細糯米，綿軟飴人，在粽葉飄出的濃濃清香裏，我真真切切地體味到了人在他鄉的濃郁鄉情。

屋外，月牙兒初上，空中很寧謐，很乾淨，幾點銀星亮在樓頭，新月將小巷照得迷迷濛濛，遠處有幾聲絲竹咿呀，隨著輕柔的晚風輕輕飄蕩開去，一切都顯得那麼寧靜而美好。晚風月色裏，老師送我出門，她的高跟鞋底輕輕叩擊著江南小巷的石板小路，聲音清脆而且動聽。小巷送別，師生情真，自有萬語千言互相叮囑，那是一個萬分美麗的江南的春夜，天上，每一顆星星都似芬芳的花苞在我們的頭頂輕輕地舒放。

就在擡頭的一剎那，我感覺到我的耳廓被淚水濡濕，心裏酸楚難言……

很多年過去了，至今，我思憶的腳步卻一直都沒有步出這條長滿青藤的江南小巷。

走進蔚藍季節

一到七月，天空就格外的蔚藍了。

可是因為有個高考，人們就說七月是黑色的。

正好我的女兒今年參加高考，我和妻子無論怎麼說也得和女兒一同度過這難捱的七月，和女兒一同體驗高考的苦情和樂趣。

本來，孩子的成績還好，複習也還到位，也沒有什麼考前綜合症出現，一切都是非常好的徵兆，可是一出考場，事情就來了：女兒的座位號沒寫，密封線內的號碼也沒有寫全，只寫了後兩位數，大概她們學校在模擬考試時就是這麼填的，所以出了偏差。事先我們並不知道這事，直到晚上吃晚飯時，女兒才把這個事告訴我，我一下子慌了，生怕女兒白考了，第二天趕快向主考彙報了這個事，主考就找了監考組長，組長回憶說：收卷時比較忙，好像沒有發現漏寫的情況，而我卻相信女兒的記憶力是絕對好的。沒辦法，主考讓我和監考組長去找招生辦，看能不能在監察人員的陪同下到保密室去，在試卷的封面上做個記錄。可是招辦主任嚴守規矩，不敢這麼做，他只安慰我，說號碼沒寫是不要緊的，改卷老師會根據前後號碼來進行推測的，再說又寫了地區、學校還有姓名，這就更保險了。

話雖這麼說，可我畢竟不放心，整天為女兒著急，回家又不敢說，生怕影響了女兒的情緒。這樣忐忐忑忑地過著，直到分數公布出來，一顆心這才落回肚裏，可我卻無端受了許多心情上的折磨。說起來也真是庸人自擾，讓人好笑罷了。

照說分數出來了，考得也不錯，這下該可以輕鬆一下了，可是不，由於志願填得高，再加上女兒的班上有一個同學和她填報的志願是一樣的，又比我女兒多了五分，這下我可慌了神，認為一所高校不可能在同一個地方招兩個人，招的人數又是那麼少，全安徽才招七個，我認定我的女兒第一志願肯定會變死檔，於是我下定決心要找個人看能不能將我女兒的志願給改一改，可是我的女兒和我的妻子忒有主見，堅決不讓我改，再說我找的人說志願已經存入電腦，我這才死了心，只好在家坐以待斃。

艱難地在家等待著通知，每一陣電話鈴響，都會讓我一陣心悸，我記得我自己當年等通知時似乎還沒有如此難捱，不知現在為什麼反倒變得如此脆弱。這真是「可憐天下父母心」了。

同學們的通知都陸陸續續地來了，到了十六號下午，我已經徹底失望，因為這天全國重點已經錄取完畢，通知要到早該到了，我通過電話查詢，電話上說沒有你的錄取信息。我平靜了一下心情，到房裏跟女兒說：「別急，等下一批。」

女兒說，爸爸，你不要這麼安慰我嘛，郵差還在路上呢！

果然，十七號下午，女兒的通知送來了，女兒的第一志願如願以償。

那時擡頭看天，天空一片蔚藍，我的心情如同高天上的流雲，真的輕鬆極了。

女兒將通知拿在手上，跟我說：「爸爸，你不知道，沒接到通知前，我也是挺著急的，不過，我曉得，你和媽媽比我更緊張。」

我說：「我們緊張什麼，真的考不上，哈，上街賣蘋果。」

許甜吹簫

許甜是我的學生，她的家住在廬江黃屯的竹山村，那裏的青山秀水使她天生靈性，從小就跟她當音樂老師的父親學會了吹簫，而且吹得好，可是吹得再好又有什麼用，按她母親的話來說，又吹不來飯吃。

許甜念完高三，哪想到卻沒能考上大學，想再補習一年，可是家裏還有兩個哥哥，一個在上清華，一個在念南大，用錢都很費，家裏僅靠父親的一點工資，哪裡拿得出錢來為她補習？於是許甜就跑到學校裏來找我，趁著暑假，想找點事做，掙點錢好再上學。

正好我有個朋友在散步街開了個悅來大酒店，我就將許甜帶到朋友跟前去，介紹她當飯店服務員。可是許甜說，我不當服務員，我只會吹簫。

我說，這是飯店，又不是大戲院，會吹簫有什麼用。

我當老闆的朋友想了想，說，你別著急，我來安排。

我知道，這是朋友給我的面子，不管許甜願不願當服務員，好歹也就是一個來月暑假，朋友是寧願貼一點，也好以後見面。這樣，許甜就留在了悅來大酒店。

本來，悅來大酒店的生意並不是很好，但想不到，自打我的學生許甜去了以後，生意就一下子好了起來。

一天，朋友在街頭遇到我，很高興地跟我說，感謝你為我送來了一個會吹簫的女生，她用一支竹簫給我帶來了好運。

見我大惑不解，他說，你不知道現在，人們對卡拉ＯＫ早就厭倦，而你學生許甜的簫聲就顯得特別清新，大家都圖新鮮，奔著悅來酒店，就是為了聽許甜的那一聲紫竹簫。

我相信朋友說得不假，畢竟，我靈氣四溢的學生許甜將深山的情韻與清新通過竹簫帶給了都市，而且，她大約也是為了證明，吹簫也能吹來飯吃。

我隨著朋友一同來到悅來酒店時，許甜正在為客人洞簫橫吹，她端坐在一個紫紅色的窗幃下面，手指如筍，吹得很投入，簫聲如深山清溪，靜靜地在人們的心上流淌，將人心洗滌得如雨後的草地，酥軟而溫潤。有點朦朧的桔紅色燈光將她姣好的身影投射在落地長窗的窗幃上，古典淑靜，而另一半透明的玻璃上，卻有一輪明月映著窗前的竹影，那種如詩如畫的意境和她美妙的曲子渾然一體，聽得人們如醉如癡。

那時我和朋友都很感動，他說，因為許甜，我的酒店提高了層次。

暑假過後，許甜該上學了，可是很長時間，我給她留的位子卻空著，她沒來上學，最後她來告訴我，她不能念書了，因為兩個哥哥的學費比她的要多得多，家裏一時還拿不出，父母又都老了，她只好將自己掙的準備給自己交學費的一千多塊錢悉數交給了父母。

我為許甜深感惋惜，可是許甜卻很達觀，她說為了兩個哥哥能念出息，她必須要做出犧牲。能幫父母多少就幫多少。

她的話使我感動無言。

現在，我在教室裏講課，而我的學生許甜仍在悅來大酒店裏吹簫。

印象梅花

其實我真的不喜歡梅花，因為「梅花」的「梅」與「倒楣」的「楣」同音，心理上便有了隔閡。畫家朋友說：「畫梅是不能畫倒枝的，那是絕對的『倒楣』。」所以市場上是找不到「倒梅」畫的，即使是為了好看，取個倒勢，最後還是要向上翹起，以求吉利。這樣我對梅花藝術品就更加小心翼翼，不敢買，更不敢懸掛和擺放。

可是今年，卻有一位鄉下的花農給我送來了一盆梅花，這讓我甚感措手不及。但看其造形極好，又是滿樹花蕾，扔了又實在捨不得，加上妻子並不是像我那樣狹隘，因此梅花便被留了下來。

但我知道自己心理，留下它的真正原因是因為我怕辜負了這位花農的一片真心。他是一位七十多歲的老者，我們認識的原因，是因為他有一位聰明的小小外孫女，因為父母離異，孩子無法上學，老外公便託了熟人來找我，在我的周旋下，孩子如願進了學校。大約是為了感謝，他才送給我這樣一盆梅花。梅是複瓣，素心，是傳統臘梅的改良品種，算得上是梅中上品。和梅一樣，他是那種飽經蒼桑的老人，披霜傲寒，經風歷雪，先為女兒付出，女兒出嫁了，他已經盡了自己的責任，沒想到他又要為女兒的女兒，也就是自己的外孫女，再一次不斷付出……風裏雨裏，泥裏土裏，飽嘗了生活的艱辛，他的頭髮已經花白，身子已經微弓，和我說起家世，眼裏常含老淚，這讓我心中萬分不忍。

我不知他什麼時候才能安享晚年。

送花來的那天，我們夫妻都不在家，讓他這樣一位老人在我門口簷下守望了整整一個上午，而且天還在下雨。最後，不得已他才將這株梅花託付給小區的門衛，轉交的時候，門衛跟我說了這些，我心裏突然間非常難過，為一個老人，為一個真情的老外公，他那種純樸的真心讓我長久地體味，並深深為之感動和負疚。

不像其它什麼人，辦成了一些事，可能會送來一些非常世俗的煙酒，這會讓人聯想起酒肉之交，比起這樹馨香的梅花來，高下雅俗自有分野。這種純樸的鄉情，讓我心靈一下子充滿了溫暖的春風。

因此，我就是對梅花再有成見，我也會收下這盆真情的暗香，這份毫不虛假的表達。

整個春節期間，那花開出一片耀眼的金黃，庭堂溢滿清香，而且花蕾次第開放，耐久綿長，馨香不絕，給我們一家帶來了無限的歡喜、幸福與和諧。客人來了，見了都會驚歎一番，讚語不斷。我會情不自禁地給他們講一個老外公和一個小小外孫女的親情故事，一個七十多歲的老外公，自己生活都還艱難，而種花所得，卻供一個十七歲的外孫女上高中。你想，這老外公像不像這梅花的虬枝，而那清香靈麗的暗朵，像不像他那美麗靈動的外孫女。老外公所有的付出，都是為了這金色花朵能夠如期開放，開得長久，開得清香。這樣一比，大家感覺都很形象。他們哪裡想到這一樹平常的梅花的後面，還會有這樣一段平凡卻又艱辛、實在而又感人的生活故事。

住在都市，見得多了，聽得多了，很多東西並不能讓人的內心產生漣漪，可是我這樣一個平常的敘述，居然讓我的這些親戚和朋友悄然動容，這實在有點出乎我的意料。他們想像那老外公一定像西方世界的聖誕老人一樣，萬分慈藹祥和，而那外孫女也一定像傳說中的白雪公主，萬分聰明秀麗。這樣一來，我的梅花就陡然生出一種浪漫情調。可是，他們真正的生活卻是充滿辛酸，但正因為有這樣平凡而堅守的人在，生活才會如此美好。於是大家便情不自禁地紛紛和梅花留影，除了表達對一位老外公的深深敬意，還將一個美好的故事長留在心間。

還有一位會寫故事的朋友說，要是這位老人不是這位女孩的親外公，而是另外一位什麼具有收養關係的老人來做這件事，那樣一定會更加感人。

沒想到他的話馬上受到了大夥兒的一致反對，這樣的事不僅一點兒也不新奇，而且還會讓人感覺虛假。這世上還有什麼比真正的親情還更感人的呢？能做到這一點，才說明親情的平凡、耐久、真實和偉大。

什麼都有用完的時候，而我的梅花會年年盛開。

有一種品質決定你高貴

這輩子教出來多少學生，我不知道。

但有兩個，我永生難忘。

這兩個孩子，一個叫毛仔，一個叫書成，長得都很英俊。他倆不僅是同學，而且還是街坊鄰居，打小在一塊兒長大。

雖然是鄰居，但是他們的性格卻迥然不同，毛仔愛玩，好賭，而且經常逃學，到遊戲機室去打老虎機，或者到深巷裏去搗康樂球，在街坊的眼裏，是個典型的壞孩子。

而書成恰恰相反，他好學，不愛玩兒，他打心眼裏就瞧不起毛仔，一心只讀自己的聖賢書，他相信，只要將書讀好了，就什麼都有了。

人們對書成也抱有很高的期望。

可是時光漸漸，事情有了改變，毛仔居然玩出名堂來了，他沒有考上大學，也沒能成為丁俊輝，但他玩得投入、執著而且專心。將自身會玩的天資表現得淋漓盡致。結果，被美國在合肥一家娛樂城的老總一眼看中，請他去當上了那裏的管理者，主管那裏的娛樂業，他很快就擁有了自己的一片新天地。

不久，毛仔家裏的三層小樓在街邊高高聳起，並開起了小車。街坊好評如潮。而此時的書城還在大學裏死啃書本，他啃得相當辛苦，常常是汗流浹背，蹙眉聳額，額頭如高山聳峭的懸崖，但距離成功似乎還相當遙遠。他已經聽到了毛仔發達的消息，心裏湧起了波瀾，為此而浮躁，為此而憤憤不平，毛仔他憑的是什麼呵，他有什麼能力居然比我這樣的優等生發展得還好……

有一次，他在圖書館裏借了一本上下兩冊的博士論文集，因為想將下冊留下來給自己用，便動起了心思，將上冊一分為二，使之變成上下兩冊，在還書時被管理員一眼識破，他惱羞成怒，大打出手，拿椅子將另一名勸架的管理員給砸得頭破血流，最終被學校除名。

後來他又鼓起信心，重新考了兩回，終因成績平平而與理想相去甚遠，最後心灰意冷，年齡又漸漸大了，只好在家門口開了個水果攤掙錢度日。

他仍然對毛仔冷眼相看，他實在想不通，為什麼一個一心讀書的人卻比不上一個一心貪玩的人，毛仔因為有錢而顯得高貴無比，自己卻在風裏雨裏討生活而近似卑微，兩人的命運懸殊居然如此之大。

他思考得很苦，卻一直找不到答案，也常來和我交流，我們喝一點薄酒，說一點知心話，但我勸他的話他常常不太聽得進。終於有一天，他因為賣水果使小秤被街坊顧客痛罵了一頓，說他是天生的賤坯子，後來又被城管罰了錢，他很痛苦地沉淪了好一段時間。

那天我特地去看他，他正睡在床上看書，見到我，他下得床來，說：「老師，有件事，現在我好像有點懂了……」

我說，你懂什麼了？

他指著他書上的內容，說：「老師，感謝街坊把我罵醒了，我一直對人生有著深深的誤解，你看這上面寫得多好！」

我看了書，那書上寫的多是人生誤區，的確令人警醒：「個人的追求與愛好絕沒有高下貴賤之別，無論你愛好什麼，只有一種品質決定你高貴，那就是你是不是將你的追求和愛好真正當作人生的事業來做……」

他淚流滿面，說：「我現在才知道，毛仔愛好打康樂球絕不比我愛好讀書低下，只不過兩人的志趣愛好各自有異罷了，現在他玩好了，而我的書卻沒有讀好，我有什麼理由去鄙視他。毛仔一直將自己的愛好當作事業在做，才有現在的輝煌，這讓我悟得：我雖然書沒讀好，但現在只要將我的水果攤好好經營，不使小秤，真誠待人，也許我也能將它做大做強……從明天起，我就去進水果來重新開業……」

那時，我才如釋重負地鬆了一口氣。

嚶嚶其鳴

兩隻綠鸚哥，啄開籠門逃了出去。望著空空的籠子，我萬分惆悵。一個寵物，時間養長了，感情上就會難以割捨。

鄰居孫老師說，這鸚哥在外沒有自食能力，遲早都是要飛回來的。對此我將信將疑。

沒想到第二天早上，兩隻綠鸚哥真的就相繼飛回到我門前的碧梧樹上。妻子聽到叫聲，欣喜異常。那鸚哥見到主人，也像久別重逢似的鳴叫不已。其中一隻立即飛到低處，對著我們喳喳盤旋。妻子將鳥籠提出，打開籠門，放在地上，那鸚哥很快就認出了自己的家園，一跳一跳地就跳進了籠子。圍觀的人們都感到萬分驚詫，我也想不通，一個好不容易逃出牢籠的小鳥，為什麼居然還這麼執迷不悟，重新再回到牢籠裏來。

孫老師說：「它太貪嘴，外頭沒得吃，它不回頭只有餓死，誰不貪圖這種安逸？」

而另一隻，卻說什麼也不肯進籠，它是鳥中的另類，只是對著鳥籠啁啾了幾聲，又對著籠中的夥伴做了一次認真的打量，然後展翅飛向湛藍的晴空。

在牢籠面前，那隻叛逆的小鳥心甘情願選擇了自由。

它的羽毛已經凌亂，一夜風霜使它疲憊不堪，但是，它在食物和安逸的誘惑面前，最終卻選擇了藍天。

後兩天，我繼續在學校後面村莊的小樹林中尋它，在一處草地上，我發現了它那小小的遺體，它為這短暫的自由付出了太大的代價，但是，我卻對它的付出充滿了敬意。

我將它在一棵小松下埋起，但是我相信：它那美麗的精靈會在湛藍的晴空永遠翱翔。

可問題並不像我禮讚的那麼簡單，有很多書籍和網絡，總是對此類現象進行引申和思發。一是說前清遺少，養尊處優慣了，清朝一滅，失去了本來的依靠，沒有皇糧，他們便很快走向死亡，因為他們沒有自食其力的能力。二是說我們現在的獨生子女，其情其景亦與之類似，從小只靠自己的父母，衣食自是無憂，惰性一旦養成，本事卻沒學到，將來大了，該怎麼生存！要麼繼續食老，不然生活就會難以為繼；要麼就離開溫暖的窠巢遠走高飛，但其結果實難預料。

這就提醒我們，給自己的下一代多些吃苦的體驗，多些實踐能力的機會是非常必要的。這絕不是杞人憂天，關鍵是我們很多人都懂得這個淺顯的道理，但卻非要將自己的孩子像養寵物那樣蓄養著，這在教育孩子的問題上就明顯出現了誤區。

現在流行一句話，叫「再苦不能苦孩子」，這對於那些貧窮落後的地區肯定是對的。但對於那些經濟發達地區，家庭富庶、收入頗豐的人家，必須還要在其後跟上一句：「再富不能富孩子」，孩子一富，就沒有進取心，生活學習都會失去應有的動力……最後變得就像沒有自食其力的鸚鵡一樣，要麼貪圖享受，要麼不能展翅高飛，任藍天怎樣廣闊，也只能做飛翔之夢……

這樣一提，在教育孩子的策略上，是不是要多些哲學觀照，為我們的現行教育的思量是不是就會更加全面些，為孩子為將來的考慮是不是就會更加深長些……

黛玉教詩

當然，黛玉不是一個真正意義上的老師，但她教香菱做詩的過程，卻給我們當教師的留下了許多有益的啟示：她對香菱的平易近人，對她激趣，同她討論，並鼓勵她大膽實踐做詩，還真的有點當老師的風範。這一點得到了現在不少人師的關注，並將黛玉奉為師範。但是，黛玉在對香菱三次詩歌所下的評語上，卻又存在著太多的失誤，最主要的表現是含混不清、辭不達意、語不中肯，當需要說清的地方卻是一帶而過。她下的評語我不知當時的香菱聽懂了沒有，小說上她當然是聽懂了，但用黛玉的評語來指導現在的「香菱」們，恐怕他們是永遠也寫不出什麼好文章好詩來的。

第一次香菱是這樣寫的：

月桂中天夜色寒，清光皎皎影團團。
詩人助興常思玩，野客添愁不忍觀。
翡翠樓邊懸玉鏡，珍珠簾外挂冰盤。
良宵何用燒銀燭，晴彩輝煌映畫欄。

黛玉對這首詩所下的評語是：意思是有，只是措詞不雅；皆因你看的詩少，被他縛住了。把這首丟開，再做一首，只管放開膽子去做。

如果我是香菱，聽了黛玉老師的話，肯定會不知所云，什麼叫「意思是有」？什麼叫「措詞不雅」？什麼叫「被他縛住了」？看的詩少，放開膽子去做就能做出好詩來嗎？若是個膽小的學生，下次肯定不會再問，如果是個懶惰的學生，從此肯定會放棄寫作。

實際上，黛玉在這方面真的可以做得更好一些，她既然以老師的身份教香菱做詩，就要耐心細緻地給香菱指出這首詩的優點和缺點：好究竟好在哪裡，不好又不好在哪裡。光是空泛地說教，對香菱能有什麼幫助？何況香菱還是一個初學者。

她應該對香菱說明這首詩值得肯定的地方，主要表現在作者能夠抓住「月」這一物象來釀造美好的意境，夜空萬里，月在中天，清光皎皎，所以「詩人助興」，這是從樂處寫；而「野客添愁」呢，則是從憂處寫，野客是人在他鄉，是遊子，見月思鄉，合情合理，一樂一憂，這一聯還算得上是個比較聰明的對仗，而且使「詠月」的內容有了一些比較實在的附著。這樣一說，「意思」當然「是有」了一點。

其次這首詩能夠較為準確地描摹出月的形狀，如「懸玉鏡」、「挂冰盤」、「燒銀燭」等詞語的運用，都還不壞；缺點呢？像「影團團」、「常思玩」、「不忍觀」等詞則明顯詩味不足，太平常庸俗了一點，「影團團」是杜撰，「常思玩」是不當，「不忍觀」是膚淺，合起來當然就是「不雅」了。

因此這首詩總體就顯得比較稚嫩。另外，這首詩還有比較明顯的缺點就是多是寫月，也太實在了一些，不夠空靈，也就是說，實多虛少，沒有跳開去，只是在月的形狀上做文章，結果內容上只能是單薄，這樣實實在在地寫詩，意思怎麼能夠豐厚得起來？這當然是被他（月）縛住了？

黛玉這樣一說，學習寫詩的是不是可以懂得更快一些？

第二首，也真是難為香菱了：

非銀非水映窗寒，試看晴空護玉盤。
淡淡梅花香欲染，絲絲柳帶露初乾。
只疑殘粉塗金砌，恍若輕霜抹玉欄。
夢醒西樓人迹絕，餘容猶可隔窗看。

應該說，香菱的這一首詩和前一首比起來，各有優劣，前一首內容好些，這一首置詞好些，前一首還寫到了詩人、野客因觀月而各懷情思，可這一首則是純粹的就月寫月，豈不是更受束縛了？但是黛玉對此卻隻字不提，看了詩後只說：「自然算難為他了，只是還不好，這一首過於穿鑿了，還得另做。」

這叫什麼評語呢？「穿鑿」兩字對香菱來說，是不是過於不著邊際了一些。所謂穿鑿，就是沒有這種意思而硬說有這種意思，也就是牽強附會的意思，這大概是針對詩的頷聯中「絲絲柳帶露初乾」而說的。實際上，這一句也是在摹寫月色，柳樹的絲絲上有露，是碧色的，而露乾了，就是乳白色，看上就像是月色照在上面一樣。加上一個「初」字，這月色就不乾澀，顯得輕靈美潤。正是這一句，體現了香菱細緻觀察生活的精神，看得出香菱還有一定的生活積累。而黛玉卻不分青紅皂白，說她是穿鑿，這就顯得有點武斷了。另外這首詩中還有很多寫得不錯的地方，不能不給香菱指出來。比如，這首詩雖然也同樣是寫月，但卻避開了第一首只是摹形的老路，而在描繪月色上下了不少功夫，如「非銀非水」、「淡淡梅花」、「殘粉塗金砌」、「輕霜抹玉欄」等，這說明香菱還是個很機智的學生，同是「詠月」卻不是第一首的簡單重複。她總是想著法子想將這首詠月詩寫得好一點，光這一點就應該得到老師的肯定和嘉許。但儘管香菱做了如此多的努力，但卻沒有得到黛玉老師的半句肯定。這對於香菱來說，是不是過於殘酷了一些。

在這裏，黛玉不僅要及時給香菱以鼓勵，還要告訴香菱，儘管措詞不錯，但因為沒有能夠跳開「摹形」和「繪色」的套路，內容顯得空泛，所以這首詠月詩還不能算是好詩。

如果黛玉給學生這樣一點化，是不是更像一個好老師？

第三首詠月詩的寫作，說明香菱在寫詩上真的很有悟性：

精華欲掩料應難，影自娟娟魄自寒。
一片砧敲千里白，半輪雞唱五更殘。
綠蓑江上秋聞笛，紅袖樓頭夜倚欄。
博得嫦娥應自問，何事不使永團欒。

這次不僅黛玉，眾人也都說是好詩，不但好，而且新巧有意趣。可是這首詩究竟好在那裏呢？香菱是有意為之，還是瞎貓子碰了個死老鼠？做為她的指導老師黛玉有起碼的責任為之稍加評點，使為詩者心中有數，將來也好在寫詩上繼續長進。可是黛玉卻一直沒有說明這首詩的妙處妙在哪裏。

她應該給香菱點出，這首詩好就好在它不僅繪色（首聯），更有摹形（頷聯），不僅寫了滿月（一片砧敲），同時也寫了殘月（半輪雞唱），而寫月實是為了寫人（頸聯和尾聯），這樣就跳出了單純寫月的框子，詩意自然就濃郁厚重。按黛玉在另一回裏所說，好詩是明裏一層意思，暗裏又是一層意思，這首詩明裏寫月圓月缺，暗裏是寫人間的悲歡離合，真切相思，月是實寫，人為虛寫，實是眼前之物，虛為想像之理，月是托物，理是抒情，以月的陰晴圓缺，寫人間的悲歡離合，虛實相照，情景相生，寫月而不拘於月，抒情而非一己之情，化東坡〈水調歌頭・明月幾時有〉而來，卻不甚露痕迹，同時運用了借代，借喻，擬人，反問（對仗是律詩所固有的）等手法，顯得很大氣，當然不失為一首好詩。

試想，黛玉如果不給香菱多做一些這樣的點評，香菱的一點悟性遲早會泯滅，她的那一點進步恐怕也只是一種無本之木，無根之花。

我說這些當然不是在妄評我們的文學大師曹雪芹先生，不過是借古人之雅，激現時之趣，只要思考，總有收穫。

劉邦掉進廁所裏

我之所以這樣說，是有理由的，因為〈項羽本紀〉裏上演了一場鴻門宴，那劉邦害怕被項王殺掉，就借上廁所的機會逃出宴會廳，自己離開，卻讓張良代他向項王告辭謝罪，並讓張良估計他回到軍中之時，然後才回到宴席上去繼續飲酒。兩軍距離四十里，抄小路步行，就算一半路程，也有二十里，走得再快，也要一個時辰，一個時辰是現在的兩個小時，那項羽是個傻子，也不至於傻到這個份上，坐在那裏一動不動，兩個小時劉邦都不回來，他也得讓人帶個工具到廁所裏去撈一撈劉邦吧。就算項王是傻子，那范增范先生可不傻，他做夢都想殺掉劉邦以成他所輔佐的項家霸業，既然劉邦送上門來，哪裡有隨便讓他走掉的道理。宴會上埋伏了刀斧手自不必說，那項王的軍營又哪裡是讓劉邦能隨便進出的！想來就來，說走就走，過家家呵！

我的意思是說，我們被古人不斷忽悠著，包括親愛的司馬遷先生也在忽悠我們，他寫的《史記》，可信的大約只占到百分之五十左右，大多他用的都是小說筆法，想像虛擬的成份居多，很多形象都是他「塑造」出來的。簡單地舉個例，〈平原君列傳〉裏那個自薦的毛遂，跟隨平原君和楚王談判，談的時間稍長了一些，他就不耐煩，為了顯示自己才能不與眾匹，他仗劍走上丹墀，口出狂言，並威脅楚王：「今十步之內，王不得恃楚國之眾也，王之命懸於遂手……」幾句話，居然這談判就談成功了，楚王居然就在談判書上簽章蓋印，這真是在鬧著玩兒。毛遂這樣做，不將事情弄砸就算是命大了，哪裡還會有成功的道理！即使那是一個尚武的時代，這樣的事情也絕對是不通情理。相同的還有藺相如對秦王的威脅，他和趙王也是到邊境上和秦王談國事，結果秦王要趙王鼓瑟，趙王吃了虧，藺相如便讓秦王為趙王擊缶好打個平手，秦王不肯，藺相如便對秦王威脅說：「五步之內，相如請得以頸血濺大王矣！」秦王於是便無可奈何地為趙王擊了一下缶，你看，這是不是在想當然，虎狼之秦，居然是這樣好對付的嗎？真有點出乎我們的意料。說好聽點，這是用小說筆法在寫史傳！

當然，我不是在貶低這位偉大的先生，先生的貢獻抹殺不了，我想要說的是，讀古書真的要多問幾個為什麼，那才會真有所得，我們的後生也才不至於成為書呆子。

又如莊子事迹，他在濮水邊垂釣，楚國國王派來了兩位使臣，要他到楚國去做相國，兩位使者就站在他的身後，卑微地跟他說這事，他居然「持竿不顧」，連頭都不回一下，所表現出來的清高與自大，令我們歎為觀止。但是這個事迹出自哪裡，這是一個問題，如果是我自己說我怎麼怎麼偉岸，大家能不能相信，即使《南華經》中的這一篇不是莊子自己寫的而是其後學所作，那也只是一篇寓言，為了表明莊子的出世思想，絕不能說明這就是莊子本人的立身行事。我們可以設想一下，像楚這麼一個大國怎麼可能會找一個憂憤至極孤高至極敏感至極的出世者來作為自己國家的相國！而且他在治國上並沒有表現出非凡的才能，你就是打死我，我也不會相信。

還有，為了表現謝安的才情，在一次清談中，他和支道林、許洵等人談論莊子的〈漁父〉，支道林說了七百多句，而謝安則說了一萬多句，這是一個襯托，有誰在旁數句暫且不說，光這一萬多句是個什麼數，那也得搞個明白吧，就是一句平均按十個字算的話，你想那也是十萬多字，一本十萬字的小說，就是再吸引人，我就是不吃不喝也得看個一天兩天，何況他們這是在清談呢！只能說一句，古人真會忽悠。

王安石先生大家不會不知道，他那個著名的〈遊褒禪山記〉裏記敘的兩個洞，一個前洞，一個後洞，為了突出「非常之觀常在於險遠」這個論題，他不惜將前後兩洞拉大距離，我去看時，那前後兩洞最大距離也不過三百米，如果是直上，只有一百米多點，而王安石先生則說是「其上五六里，有洞窈然」，真正是想當然，對於這樣一個名家，你有什麼話說？

至於蘇東坡先生將黃州赤壁當作蒲圻赤壁來寫，那更是人人皆知了，不過東坡先生比一般人聰明，他知道這麼有名的地方肯定忽悠不了，不如來個直話直說，所以詞中有「故壘西邊，人道是，三國周郎赤壁」，好一個「人道是」，既使你認為我是忽悠，那也絕不是我個人的事了。

古人在忽悠我們，不知我們是不是受了這種風氣的影響，我們也開始在忽悠同類和後人。我到湖南岳陽，在岳陽樓後面，居然看到了小喬墓，還有一尊極標致的小喬塑像，讓人發思古之幽情。幸虧我是安徽人，知道周瑜是赴巴丘（即現在的岳陽）太守任時箭傷復發，死於途中，小喬喬珍含悲扶柩回歸故里，哪有她將夫君送回來安葬，爾後又到巴丘去死的道理。可是那裏的解說員眉飛色舞，言之鑿鑿，不知就裏的遊者也都深信不疑，徘徊墓前，流連忘返。

而〈孔雀東南飛〉裏那個纏綿悱惻的愛情故事按可靠的史料記載，也絕不可能發生在古潛川吧，可是不由你不信，那個〈孔雀東南飛〉紀念館就坐落在這裏的青山綠水之間。如果有懷甯人到古潛川東湯池來遊覽，在這裏見到栩栩如生的蘭芝和仲卿，豈不是懷疑自己來到了本縣的小吏巷或劉家山。

我們滿懷一腔深情到柴桑即現在的江西九江去探訪古人陶淵明和白居易，大家都知道白居易先生在這裏曾寫過一篇著名的〈琵琶行〉，而那個送客的盆蒲口已不再是原來的那個盆蒲口了，為了方便遊客，好買旅遊紀念品，他們將一些名勝古籍挪動位移，集中到距離原址很遠的一條街上，方便是方便了，但一經導遊說破，大家都覺得有一種被騙的感覺。再去看陶公，見有一種酒叫「陶裏流霞」，我們在飯館吃飯時，酒店老闆便向我們推薦這種酒，還說，這就是當年那個陶潛先生親自釀製的，現在用的還是那個古老的工藝，就是名字，也是陶公自己命名的，可是鬼才相信呢，酒是不錯，可一頓飯就是興味索然。

當然，這樣做大概都是為了招商引資的需要，當代人也許多可理解，可是，眼前的物質之假已讓我們應接不暇，再加上這些精神層面之假，我們可怎麼對付？我們將來也都會成為古人，對我們的子孫，如果不能留下什麼寶貴的，但也總得留點真實的，總不能留下這些虛假的東西讓他們來考證吧，再這樣一代代地忽悠下去，那麼何時才是盡頭。

想水榆

鄉間有一種樹，名叫想水榆。

這種樹很奇怪，在春回大地，芳草漸綠之時，別的樹都爭著發芽開花，它可好，一點兒也不著急，一片芽嘴兒也不給你見著。春漸深了，春花開了一茬又一茬，可是這個想水榆仍然是不動聲色，靜靜地立於牆邊地角，枯枝如鐵，直指藍天，好像和誰賭氣似的。

有很多人都以為這個樹死了，不如刨了還能做燒鍋料呢。可是有經驗的老人卻說，這個樹沒有死，也不會死，它之所以叫想水榆，就是因為它總是在想著水，如果沒有得到水，它就是這個樣子，一旦水有了，你就看吧。

果然，一場遲到的春雨澆透了大地，那想水榆似乎一下子從沉睡中甦醒，睜開秀眼，伸了個懶腰，一片怡人的青翠便春滿枝頭了，那一夜之間突然爆發出來的生命力，顯示著無比迅猛奮然向上的勢頭，它吸引著眾人的目光，看上去就格外的讓人精神抖擻，甚至使你有點措手不及了。

原來，這想水榆一直都在等待著爆發力量、展示大好春色的機會。

這事真的讓人浮想聯翩，生活中有很多人或事就和這想水榆一樣，一輩子不得志，往往就是因為沒有得到生命中的貴人來給他提攜，以致空懷絕技卻貧病交加。一旦有了這種時機，他的結果就會是另一個樣子。

正在畫壇異軍突起的畫家石齊，年輕時曾多方求學，處處碰壁未果，就在他困頓於寂寞的鄉間之時，他的一位同窗好友冒著傾盆大雨跑了老遠的路給他送來了一紙招生簡章，使他終於在招生截止的最後一分鐘報上了名字，他這才有機會走出深山，上了畫校而逐步成名。

你不得不信，在一些關鍵時刻，一點春雨，一個臺階，一隻援手，就會改變一個人一生的命運。假如，紅遍神州的趙本山不是巧遇姜昆，就很難走上春晚，那麼他的成名也許真的要打上一個大大的問號。生活有時就是這麼殘酷，即使你是金子，沒有適當的機會和條件，你就永遠沉埋地底不能發光，必須得有一個能夠把你從沙礫中淘洗出來並為你真心擦拭的人，爾後你才能光彩熠熠。

同樣的在植物界還有一種奇葩名叫凌霄花，但它卻只能匍匐而生，伏地開花，其勢只能任人採摘踐踏。可而後終於攀援而上，直達雲霄，變成凌霄花，就是因為有一種高大的喬木憐它惜它，願意為它做個支撐，才使它的花朵亮在高高的枝頭，成為特別亮眼的一道風景。

既使你是齊天大聖吧，被壓在五行山下的時候你又能怎麼樣呢，要不是得遇母親一樣的觀音菩薩，給他提供一個平臺，讓他幫助唐僧去西方取經，那麼孫大聖就是天大的本事也只能在五行山下度日如年，望眼欲穿，哪能有所作為，哪能實現自身價值，又哪能最終修成正果呢。

所以聰明的人不僅注重自身的學習和修養，更重視處世做人，注重人際關係的融洽，珍惜真誠美好的友誼，把握生活中稍縱即逝的機緣巧合，不斷給自己創造成功的機會。

詩心蕩漾

民間詩人王長安，今年已經是八十多歲的高齡了，可是對於詩，卻情有獨鍾，愛不釋手。他寫的詩都是律絕，有時也填填詞，對一些對子。雖然溫文爾雅，文辭芬芳，似出儒生之手，但他的真實身分卻是一個道道地地的從事稼穡的鄉下農民。多年來，他孜孜不倦，以詩會友，結下的詩友如滿天繁星，多得數都數不過來。大家也都尊重他，推選他為縣詩詞楹聯協會理事。這些年來，他公開發表了大量的詩詞及楹聯，除了在國內的如《巢湖詩詞》、《樅陽詩詞》、《銅鑼詩詞》、《樂天詩訊》等詩詞報刊上發表以外，同時也在泰國的《暹羅日報》、日本的《吟詠新風》等報刊上發表，並且以此為榮，樂此不疲。

他有一個胞兄王化宇，十九歲投筆從戎，戎馬一生，轉戰南北，屢建奇功，曾在抗日戰爭台兒莊戰役中，因指揮得力，表現英勇，國民黨最高統帥部授予他光華甲級勳章一枚，後去臺灣，杳無音信。直到八十年代以後，方才得知其兄已經退居臺北。王長安滿懷感思，寫下〈思兄〉二首，其盼團聚之情，依依於字裏行間：

別時容易見時難，
只隔盈盈一水間，
夢中相見終是幻，
醒來依舊月光寒。

東南翹首路漫漫，
少出征人老未還，
千里相思情不禁，
但期青鳥報平安。

此詩後被臺灣的《中國詩文之友》刊載，其兄王化宇見之，一下勾起了他多年埋在心底的思親之情，遙望故鄉，關山萬里，白絲清淚，情不能已。多年來骨肉分離，生死難測，而手足情深，血濃於水，兩首〈思兄〉，終將這一對分隔半個多世紀的骨肉兄弟重新聯結到一起。

其兄王化宇早年亦愛詩，多有詩感賦行旅，晚年清閒，愛詩更盛，其後兩兄弟以詩唱和，互有贈答，九四年中秋之際，王化宇始以九十四歲的高齡攜子返里探親。一家相聚，其樂融融。

幾句小詩居然讓王長安圓了多年的思兄之夢，實在他的意料之外，因此他大喜過望，其興奮之情溢於言表。

王長安一生坷坎，在國民政府幹過，也在新中國幹過，後被打成右派，回鄉務農。平反後，以前工作過的單位已不存在，但是終於獲得了人身自由，亦欣欣然可喜可賀。他有一首〈遣懷〉詩，道是：

如磐風雨壓華年，
壯志雄心化作煙。

廿載含冤沉碧海，
一朝甄別見青天。
應揮餘熱酬明世，
豈可偷閒樂管弦。
傲骨黃花堅晚節，
春蠶絲盡始安眠。

其詩毫無憂傷，卻多感戴，壯志不減，豪情依舊，讀罷令人鼓舞，催人奮發。這麼多年的風風雨雨，他都熬過來了，那麼多的屈辱，那麼多的艱難，應該具備什麼樣的胸襟，什麼樣的大氣，才能使他安然涉過人生的沼澤，迎來盛世，安享晚年？這些，在他的詩中都是能找到答案的：

傲霜總是東籬菊，
浴雪豈讓北嶺松，
自古高人皆自得，
哪有名士不從容？

你看，多好！

他一邊種莊稼、興小菜，一邊寫詩、填詞，生活恬靜而浪漫，朋友來了，熱一壺老酒，炒幾個雞蛋西紅柿，掏一把鹹豆角，來一碟涼拌小黃瓜，就幾粒花生米，就和你喝到月上東山，那田園裏的夜靄會趁著淡黃的月色，不經意地輕輕地朝你漫過來，你就會沉浸在詩中畫中了，那時你就會知道王長安為什麼會那麼愛詩，又為什麼會寫得那麼好。

現在他將自己的詩作用小楷抄畢，黃竹三、夏俊民二先生作序，複印成冊，厚達百頁，惠贈一本於我。拜讀，深為其毅力和熱誠所感，時在重陽，也班門弄斧，擬〈九月九日喜賦菊花呈尊兄長安感贈手稿〉一首作答：

一叢新彩近軒窗，
霜枝獨秀豔重陽。
金風屢訪屈子志，
月影頻斟陶公觴。
新苑豈無朝露冷，
老圃猶有晚來香。
為君西園秋心慰，
任醉籬邊臥芬芳。

淡淡梅香

雲輕風微的週六下午，我們來到石頭鎮中心小學採訪年輕的女教師吳曉蘭。

走進校院，校院裏有一樹臘梅正開，金黃的花朵顯示著旺盛的生命力，清清淡淡的梅香氤氳在小小的校院裏，給人一種非常清新靈麗的感覺。

在幾個孩子的指引下，我們來到吳曉蘭老師的宿舍，她正坐在宿舍的南窗之下，一心一意為孩子們做著玲瓏剔透的教具，靈巧的雙手如盛開的蘭蕊，散發著來自內心的暗香。她說這是為孩子們星期一的手工製作課作準備。我們坐下來和她聊天，她動手為我們泡茶，動作輕靈，舉止大方，顯得藹麗萬分。

我在心裏想，這是一個層次和天分都很高的小學女教師。

其實，她的事蹟並不驚天動地。既沒在水火中救人，也沒在教學中創造出什麼一鳴驚人的偉績。只是她從和縣幼師畢業以後，本來是分在城裏的，是一家經濟效益很好的企業，公司領導都很器重她，給她委以重任，她在那裏肯定會有更大的發展，但為了孩子，為了自己的特長，她主動放棄了這個對誰都很難得的機會，以最美麗的姿態走進了這一所離城偏遠的鄉下小學校裏。

在這物欲橫流的時代，這一點，是別人難以做到的，吸引我們來的，正緣於此。

曉蘭和別人有什麼不同嗎？是清高，還是固執？不，和她的交談中，我發現她和別的女孩子一樣，有著美麗的嚮往，有著崇高而實在的追求。她桌上的玻璃板下，擺放著她學生時代的許多照片，風華正茂，年輕如初春的芳草。這些照片中有拉手風琴的，有跳集體舞的，有大合唱，也有搞手工製作的。當然，也有明麗的山水和動人的竹溪桃林，陽光很好，金金地照耀著她們這一代年輕人。而她，當時是班裏的班長，是佼佼者，按她的修養和美麗，工作的選擇空間是很大的，實踐也證明了這一點，可貴的是她選擇了做教師，選擇了這條臨河的秀麗小鎮，選擇了小鎮上這所和她氣質非常相近的寧靜的小學校園。

在靜靜的感動裏我們參觀了她的教室，這是一個教改班，班級布置得非常得體，牆上的貼畫和學習園地的設置，都是第一流的，最讓人難忘的，是那些漂亮的貼畫，有芳草，有紅日，有小房子，還有小熊和風箏……一個個天真爛漫，這些都是曉蘭指導學生做出來的，美得單純，美得沒有任何瑕疵。桌椅整整齊齊，黑板乾乾淨淨，我想，在這樣的環境裏，成長起來的孩子一定是高質量的。而且，曉蘭的才華和智慧一定也會得到充分的發揮。

隱約有美麗的歌聲在耳邊迴蕩，孩子的笑臉豔若桃花……

這時候，有幾個孩子跑過來找她，說排練的節目裏有個擊象腳鼓的動作做不好，要她去指導。

正好我們對這個也很感興趣，就一道跟了過去。

在指導孩子的過程中，我們領略了曉蘭美麗的舞姿，動作嫻雅，翩翩若仙……而她和同學們的交往，更像朋友，溫和得如同三月裏的春風，讓我們羨慕又妒忌。

曉蘭告訴我，這個節目是要進省的，花了她很多心血，她想在教改上做出一些成績，校領導和鎮幹部因此都很支持她，器重她。

我來時，就有人告訴我，因為曉蘭一直忙於工作，以至讓眾多慕名前來向她求婚的，都被她一一冷落。當我們問及此事，她臉上騰起兩朵紅雲，說：「等到工作稍有成就，就會考慮生命中的真命天子……」

我為曉蘭感到深深的欣慰。

走出校院時，我認真地打量了那一樹怒放的梅花，它正抖擻著精神，將自己如縷如絲的暗香，向著四處播散開去……

後記　寧靜的散文

散文在英美文學中叫 Prose。

有人破譯，英文單詞也像中文裏的漢字一樣，既有形符也有意符。Prose 拆開來，就是一個象形符Ｐ加一個會意符 rose。rose 是玫瑰，Ｐ是一枝玫瑰的花苞，合起來的意思是說：「散文」應該像含苞待放的玫瑰那樣美麗多姿。

美文寫起來不容易。

但，散文可以寫得寧靜一些，寧靜則生美。

讀過不少寧靜的散文，它們有的像一片月光於無意之中輕輕籠罩著你，使你在一片善意的氤氳中受著陶冶和感染；有的像一枝幽蘭靜靜地散著清香，讓你在慢慢散開的香波中忘記生活的嘈雜；有的像一灣清淩無比的泠泠春水，你躑躅水邊，心甘情願向她低下高貴的頭顱。

這就是美。

美，就是社會價值！

有價值的東西就會流傳，就會跨越漫長的時空而得到人們的鍾愛。

〈小石潭記〉的潭水至今清亮，潭邊篁竹仍在輕搖著過往的清風。〈荷塘月色〉牛乳一樣，靜靜流瀉在孩子們的課本裏，有一個季節，所有的校園都會靜靜飄溢著宜人的荷香。讀過〈薔薇〉嗎？有很多個晚上，我因〈薔薇〉的寧靜而充實無比。無論做人還是做文，寧靜都是一種美好的境界。

有的散文霸氣，有的散文俗氣，有的散文流氣，唯有寧靜的散文平心靜氣。它純情，是閨中走出的淑女，無須做作，自有一種宜人的秀氣。它清新，是春野不經意盛開的山桃花，無須矯飾，自難掩抑那種輕盈明媚的朝氣。它明麗，是帶露萌春的鵝黃色春草，無須宣言，漸漸漫開的是一種逼人的靈氣。古人云：「靜以養氣。」文宜靜，氣則生。

「文到極處，不是其他，只是恰好。」

「人到極處，不是其他，只是自然。」

自然的人寫恰好的文，是順理成章之事。不矯飾，自然靜；不浮躁，自然靜；不譁眾取寵，自然靜；不玩弄技巧，自然靜。

釀文學10　PG0515

微風拂過窗前

作　　者	王前鋒
責任編輯	鄭伊庭
圖文排版	陳湘陵、鄭佳雯
封面設計	王嵩賀
出版策劃	釀出版
製作發行	秀威資訊科技股份有限公司 114 台北市內湖區瑞光路76巷65號1樓 電話：+886-2-2796-3638　傳真：+886-2-2796-1377 服務信箱：service@showwe.com.tw http://www.showwe.com.tw
郵政劃撥	19563868　戶名：秀威資訊科技股份有限公司
展售門市	國家書店【松江門市】 104 台北市中山區松江路209號1樓 電話：+886-2-2518-0207　傳真：+886-2-2518-0778
網路訂購	秀威網路書店：http://www.bodbooks.com.tw 國家網路書店：http://www.govbooks.com.tw
法律顧問	毛國樑　律師
總 經 銷	聯合發行股份有限公司 231新北市新店區寶橋路235巷6弄6號4F 電話：+886-2-2917-8022　傳真：+886-2-2915-6275
出版日期	2011年05月　BOD一版
定　　價	320元

Printed in Taiwan

國家圖書館出版品預行編目

微風拂過窗前 / 王前鋒著. -- 一版. -- 臺北市：釀出版,
2011.05
面； 公分. --（釀文學 ; PG0515）
BOD版
ISBN 978-986-6095-06-1（平裝）

855 100005546

讀者回函卡

感謝您購買本書，為提升服務品質，請填妥以下資料，將讀者回函卡直接寄回或傳真本公司，收到您的寶貴意見後，我們會收藏記錄及檢討，謝謝！如您需要了解本公司最新出版書目、購書優惠或企劃活動，歡迎您上網查詢或下載相關資料：http:// www.showwe.com.tw

您購買的書名：＿＿＿＿＿＿＿＿＿＿＿＿＿＿＿＿＿＿

出生日期：＿＿＿＿年＿＿＿＿月＿＿＿＿日

學歷：□高中（含）以下　□大專　□研究所（含）以上

職業：□製造業　□金融業　□資訊業　□軍警　□傳播業　□自由業

□服務業　□公務員　□教職　□學生　□家管　□其它＿＿＿

購書地點：□網路書店　□實體書店　□書展　□郵購　□贈閱　□其他

您從何得知本書的消息？

□網路書店　□實體書店　□網路搜尋　□電子報　□書訊　□雜誌

□傳播媒體　□親友推薦　□網站推薦　□部落格　□其他＿＿＿＿＿

您對本書的評價：（請填代號　1.非常滿意　2.滿意　3.尚可　4.再改進）

封面設計＿＿　版面編排＿＿　內容＿＿　文／譯筆＿＿　價格＿＿

讀完書後您覺得：

□很有收穫　□有收穫　□收穫不多　□沒收穫

對我們的建議：＿＿＿＿＿＿＿＿＿＿＿＿＿＿＿＿＿＿

請貼
郵票

11466
台北市内湖區瑞光路 76 巷 65 號 1 樓
秀威資訊科技股份有限公司 收
BOD 數位出版事業部

....

（請沿線對折寄回，謝謝！）

姓　　名：＿＿＿＿＿＿＿＿　年齡：＿＿＿＿　性別：□女　□男

郵遞區號：□□□□□

地　　址：＿＿＿＿＿＿＿＿＿＿＿＿＿＿＿＿

聯絡電話：(日) ＿＿＿＿＿＿＿＿　(夜) ＿＿＿＿＿＿＿＿

E-mail：＿＿＿＿＿＿＿＿＿＿＿＿＿＿＿＿